文春文庫

精選女性随筆集　有吉佐和子　岡本かの子

川上弘美選

文藝春秋

目次

有吉佐和子Ⅰ　二十代の随筆

有吉佐和子Ⅱ　ルポルタージュ

岡本かの子Ⅰ　一平・私・太郎

岡本かの子Ⅱ　紀行文など

岡本かの子 Ⅲ 「母の手紙」抄

精選女性随筆集

有吉佐和子
岡本かの子

昭和8、9（1933、1934）年頃

昭和33（1958）年撮影　書斎にて

岡本かの子

（1889-1939）

有吉佐和子

（1931-1984）

光と影

川上弘美

岡本かの子と有吉佐和子。

育った時代も作風もずいぶんと違う二人だが、思いがけないつながりがある。

実は有吉佐和子は、岡本かの子の大変なファンであったというのだ。

「わたくしが小説を書き始めたそもそもの発端は、岡本かの子の文学との出会いです」

有吉佐和子は、かの子の息子である岡本太郎との対談（冬樹社刊『岡本かの子全集　別巻二』収録「〝母〟なるかの子」）で、そう打ち明けている。

それならば、有吉佐和子はかの子の影響を受けているのだろうか。

その判断は、非常に難しい。これ、と思ったならばその目標にまっしぐらに進んでゆく集中のさまは、二人に共通するものだ。かの子の仏教への傾倒や、ヨーロッパやアメリカに滞在した時の周囲への順応のしかたは、有吉佐和子のルポルタージュにおける取材対象へのまっしぐらなつき進みかたと、近く響きあうものがある。

けれど一方、得たものを表現する時の方法は、対照的といってもいいくらい異なっている。かの子は、ともかく一途《いちず》だ。思いこみが激しいという言葉を使ってもいいかもしれない。客観的に描くことよりも、対象にわけいって一体になることを、かの子は重んじる。一方の有吉佐和子は、たとえ自分のことを描く時も、つねにほんの少し離れたところからぜんたいを見渡す姿勢を、必ず保っている。

表現方法のこの違いは、二人の文章の読後の印象を大きくへだてる。有吉佐和子を読んだあとには、そこはかとないユーモアをふくむ空気が残る。一方のかの子には、ユーモアの感覚はない。けれどそれなのに、かの子の読後にもやはり、不思議な可笑《おか》しみが残るのである。かの子自身にはそのつもりはなくとも、前のめりともいえるかの子の姿勢が、可笑しみを引き寄せるのかもしれない。

対象と一体化するかの子の真骨頂があらわれるのは、身近のひとたちにかかわる文章だ。夫岡本一平、かの子自身、そして太郎にかんする文章を集めたⅠ、紀行文をふくむⅡの章は、それぞれかの子の魅力をじゅうぶんに伝えるものだ。けれど、なんといっても圧巻は、Ⅲ章の太郎への手紙である。

有吉佐和子との対談で、太郎はこんなふうに述べている。

「（自分の）自然的な性格としては、（かの子に）そっくりなんだ。だから、あまり似過ぎているから、電気のプラスとプラスがぶつかると、はじき返すように、しょっちゅうはじき返したわけだ。医者の忠告もあり、まわりの者もみんな一緒に住んでないほうがいいというので、僕はパリで、母親はずっと日本で暮していた」（括弧内は川上）

医者が忠告するまでに激しくかかわりあう母子とは、なんとも壮絶である。そのようにしてパリに留学した、自分の半身ともいえる太郎に宛てた手紙は、生身のかの子の言葉にあふれている。読者に見せる目的で書かれたものではないだけに、体の底からのエネルギーが、そのまま噴出したような文章だ。その中には、かの子のもっとも良質なエッセンスが滴《したた》っているのではないだろうか。

有吉佐和子の方には、いわゆる「随筆」「エッセイ」よりも、ルポルタージュを多く選んだ。というのも、じつは有吉佐和子にはエッセイ作品が思いがけないくらい少ないからだ。ある決まった分量の「エッセイ」には収まりきらない、大きなものが、有吉佐和子にはある。その大きなものをこぼさずに湛《たた》えることのできる容器が、ルポルタージュであったのだと思う。ちょうどかの子の太郎への手紙が、かの子その人の生き生きした真髄をよくあらわしているのと同様、有吉佐和子のルポルタージュからは、豊かで明るい生のエネルギーが、においたつようにたちのぼってくる。読みながら、わたしは有吉佐和子という人間が、大好きになってしまった。

ちょうどこのアンソロジーを編んでいるのと同時期に、「青鞜《せいとう》」にかかわる人々にかんする文章を、瀬戸内寂聴さんが東京新聞に連載なさっていた。それによれば、有吉佐和子は岡本かの子を書こうと、多くの資料を集めていたのだといい。瀬戸内さんの素晴らしい作品である『かの子撩乱《りょうらん》』が先行したこともあり、有吉佐和子によるかの子は結局書かれることはなかった。

一見遠く離れているようで、かの子と有吉佐和子の精神の中には、じつはたいそう響きあうものがあったのではないかと、わたしは想像する。女でありながら、世間の思う「女」にはおさまりきらない、二人の大いなる生のエネルギー。その照り映えによって、明るく輝く場所もあったろうが、反対にその強い輝きのもとにできる影も、深かったことだろう。有吉佐和子は、いったいかの子をどう書くつもりだったのだろうか。巻を編みおえた今、そのことが気にかかってしかたがないのである。

有吉佐和子　I　二十代の随筆

花のかげ

年度の区切りを四月一日にしたについて詳しい経緯は知らないけれども、サクラの花の季節に新しい学年が始まるのは本当にいい。

私の家では私のメイの幼稚園と弟の大学と、入園入学式が重なって、家族に笑顔の花が咲いた。

大学には受験勉強という地獄があって当人も大変なら家中もおろおろ心配をし続けたから、晴れてパスして角帽をかぶってくれると、その喜びよりもほっとした解放感のほうが強い。おまけに合格を先に祝ってしまったから入学式はもう当り前みたいなもので激しい感激がなくなったのか、この冷淡な姉は当日もっぱら入園式に赴くメイに関心を寄せた。

考えてみれば、ほとんどを家の中で過ごしてきたこの子がはじめて社会と接触する日なのである。他に比較する対象を持たずに親も育てたから大きい大きいと思っていたのに、組では背の高さが目立たなかったことなど帰ってくると一日中の話題になった。ウチベンケイの傾向もあるらしいとか、何度ヨソミをしたとか、ママちゃんが報告すれば、オバアチャマは佐和子叔母ちゃんも子どものときはそんな調子だったととんでもない追憶をする。メイはといえば大人たちが寄ってたかってどうだった、何をした、などと問い詰めるものだから、うるさがって午後ようやく起きてきた佐和子叔母ちゃんの質問などは黙殺である。「幼稚園に入ってよかったと思う？　うれしい？」あたりまえだという顔で、そっぽを向いた。

子どもに冷たい仕打ちをされると、その都度《つど》ひどくショックを受ける私で、メイがあちらへ行ってしまうと急にさびしくなった。ふと入試に失敗した高校生や、中学卒業と同時に就職した子どもたち、幼稚園に行かせる余裕のない家の子たちを思い出した。花の下にも翳《かげ》のあることに気がつくと、いたたまれない。だれにも遠慮せず誇らかに幸福を酔うことのできる世の中は、いつ来るのだろう。

イヤリングにかけた青春

数年前からイヤリングというものに妙なくらい執着を覚えて、目につき次第に買い集めていた。宝石のものも無理して買ったけれども、安いのは百五十円という品まで、値段の幅は大層ひろいのである。だから、みるみるうちに数がふえた。

「そういえば、本当ですね、会うたンびイヤリングが違う」

と感心する人があり、

「いったい貴女《あなた》、いくつ持ってるの？　もうタネが尽きそうなものだのに」

といわれたりしたものだ。

その度に、ちょいといい気持で、

「数ばかりじゃないのよ、むろん値打ものばかりでもないけれど、一つ一つイワクインネン付きなのよ」

と、しなくてもいい自慢をして、これは陶匠T氏の手に焼かれた白磁である。これはアメリカ・インデアンの手細工である。これはイタリーの麦ワラ製である。この突飛なのは我がデザインである。と次々ご披露に及んで得意になった。

大学を出て、小説でも書こうというインテリが――と軽蔑を抑えきれなくなる相手もなかにはいて

「へえー」

最後まで聴き終ると、

「イヤリングに打込んだ青春ですかね」

と冷笑されたことがある。

「どこにも取柄がないものだから、まあ耳なら飾ってもよかろうということで、こりだしたのよ」

さりげなくかわしたが、嫌な気はした。

洋服屋さんに電話をかけている私や、染物屋と話しているときの私を、まるで思いがけない一面を見たように喜ぶ人がある。

「何が面白いのかしら」

こういったら、

「そりゃそうでしょう、貴女のような仕事の人にとっちゃあ、いわば恥部をさらけたみたいなものだ」

とどぎつく説明してくれた。

このときも私は、嫌な気がしたものだ。

女が、身につけるものに愛着を持つのは、決して悪いことではない筈《はず》だのに、それはおおむね愚かなる女にのみ許された遊びのように人は見るのだ。知的な女性が、そんな低劣な趣味を持つことは軽蔑すべきだと考えるらしい。そして人々は勝手に、小説を書くことによって人生や社会や世界というものを真剣に見詰めようとしている女を、その「知的」であらねばならないように強いるのだ。

私は、大きな大きな声で叫びたい。い、や、で、す。私は愚かな女で結構なのだ。ひところのインテリたちがそうであったように俗離れを気どる気は毛頭ないのである。耳飾りや、指輪や、新しい洋服を娯《たの》しむ気持は、決して昔々の支配階級にあったブルジョア趣味でもなければ、原始人の下等な趣味をひいたものでもない。デザインブックと首っ引きで、生活の中にささやかな彩りを持とうとする娘や主婦たちを、そんな見下した態度でなく、温かく見守ってほしいものだ。

小さな国の、敗戦のあとを生きている私たちだ。せめて気持だけでも豊かに暮したい。そして女たちに最も手っとり早い方法として、手近く「おしゃれ」の道が開けている。

ささやかにアクセサリーを楽しみながら、私は誰《だ》れにも迷惑をかけぬ範囲で、本当の意味の贅沢《ぜいたく》の精神を養っているつもりなのだ。

私は女流作家

「有吉さん、女流作家だと言われたら、恥辱だと心得なさいよ」

小説を書き始めた頃、こういう訓辞を方々から頂いていた。

どんな意味か、あまり深く考えてみないうちに、機会が気早くやってきて、私の小説がそろりそろりと売れるようになり、さて気がつくと、肩書はいつも女流作家である。

恥辱と考えるべきか否《いな》か、胸に手を置いてとっくり考えなければならなくなった。

女なのだから女流と呼ばれても仕方のないところだ、という消極的な肯定がその結論となったが、経過はこうである。

世の中には、男女という両性があって、仕事の性質も概ねその両性特有のものに分たれているようだけれども、小説を書くという分野では、男であると女であるとを問わず、筆をとる権利が与えられている。つまり、私に女流と呼ばれたら恥辱と思えと言った人々はこの中にあって女だからという甘い眼で認められては情ないのだぞ、文学で認められるのは男もない女もない、ただ立派な作家として偉大な作品をモノすべきなのだぞ、と私に強調したものであるに違いない。

「林芙美子が文壇に出た頃、女で小説を書くのは容易なわざではなかった。彼女の血を流して切り拓いた道を、後進はもはや彼女の何分の一にも価《あたい》しない苦労で歩いている」

こんな話を最近聞かせられた。

世間がそれだけ女流に寛容になって、そのおかげでデビューできる女流新人がふえた。お前もまずその一人だという底意に違いない。

もっともだ、と私は簡単に肯《うなず》いてしまう。

不貞《ふて》くされているのではない。現在、物故した作家の歩んだ道がなくなっているものなら、安易な道で行きつけるものがあるものなら、誰だって、後者を選ぶのは自然の成行きだからである。近ごろのような作家は昭和初年なら文壇に顔を出すことも出来なかったろうといわれても、さて昭和三十三年現在、ほんのちょっとにしても顔を出した我々は、ここから築くより手はないのである。

また、ある文学に志している青年末期氏が、こんなことをいったのを聞いた。

「ひとつ、ペンネームを女名前にして、新人賞に応募してみようかなア」

女の方が楽に世に出られる時代だと、聞き手の私に毒を吹いたのかもしれなかったが、私は生活や名利に焦っている男の本能が吐息しているように感じて、彼の顔を直視することができなかった。男性をこのときほど気の毒に思ったことはない。以上、三つの例をあげたのは、私自身女であるためにトクをしているという意味ではなく、世間の女流に対する本質的な反感は、概ねこの三種であろうと思ったからである。結局のところ、私は黙っているしかないのである。女だから、女流で結構。お好きなように、御自由にお呼び下さい。

アナトール・フランスが「クツ屋は自分の作ったクツを上等なのだと言うことができるが、作家は自分の作品について語る権利を持たない」と名言を吐いているそうだ。女流作家も、自分から女流という呼称に抵抗したくても、そんな権利は与えられていないようだ。女を吹き切れ、とか、女でなくなった年齢から本当の文学が生れるのだ、とか、男性たちはのたまうけれども、女にそんなことを言うのは勝手な話だ。女は、自らの女性を突き抜けるとき、豊かな開花を見せることができ、このとき男性の追随を許さなくなる例を、岡本かの子が立証しているではないか。

とまれ、私は世間の呼び名に気を散らす暇があったら、机にかじりついて原稿用紙と取組んでいた方が賢明だと考えているのである。

適齢期

適齢期などと自分からいい出しては、いかにもコンタンが見えすいているようで、そう曲解されては困るのだが、私自身どうも近頃そう考えてしまうのだから仕方がない。

というのも、私がものを書き始めてから実にしばしば結婚に関する質問を受けるようになったからである。中には面と向って「結婚しないつもりですか」ときく人がある。最初のうちは面くらって、「まだ急ぐ齢《とし》じゃありませんから」などと答えてきたが、度重なるとシンと沈んで気が滅入《めい》ってくる。

世間では女がものを書くことと、台所で働くことを峻別《しゅんべつ》するものらしく、結婚について前者には独自の意見があるものと思っているらしい。だから、きかれるのだろうが、きかれる方ではその度に台所即主婦即オヨメサンとは無縁なことが強調されるようでいい気持はしない。人並の結婚は出来ないのかという錯覚が起って悩まされる。

先輩？　といってはおかしいけれども、独身で老いた人たちが、折にふれて我が轍《てつ》を踏ませぬように忠告して下さるのは有難いが、結婚年齢が最近とみに延長されてオールド・ミスとミスの境界線までに私は四、五年もあるはずだから、あんまり身にしみては聞けない。

ところがものを書く女だという意識が未婚既婚にかかわらず私に数々の結婚に関する注意をして下さるらしい。実に様々な意見があり、それぞれ面白いけれども、それでも私は妙な気分になってしまう。つまりこんなに多くのささやきがきかれるというのは、適齢期(シーズン)だからだろうかと考えるわけである。

先日、赤坂の老名妓から、こういうことをいわれた。「結婚にこだわるこたァありませんよ。けどもサ、男を知らずに齢をとっちゃいけない。第一あんた、頭が悪くなっちまうからねえ」

男性がノーシン同様に評価されるとは思わなかった。こうした凄《すさ》まじい知恵が自分からは思い浮ばぬところをみると、私はまだまだ若くって、当分は適齢期でいられるのだろう。

有吉佐和子 Ⅱ ルポルタージュ

「女二人のニューギニア（抄）」関連地図

日本
フィリピン
マニラ
太　平　洋
ニューギニア島
ジャカルタ
パプアニューギニア
インドネシア
ポートモレスビー
オーストラリア
パース
シドニー
ニュージーランド

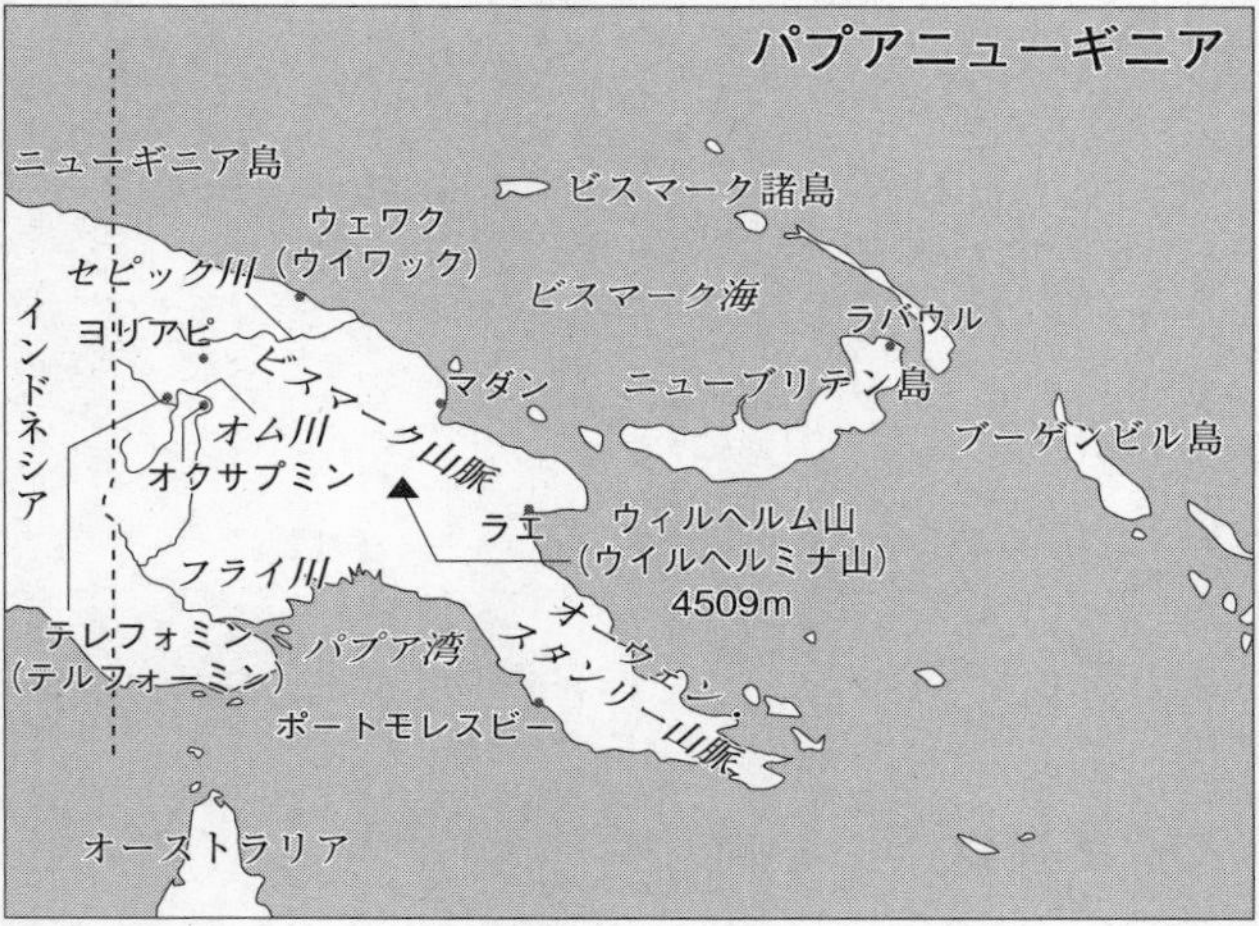

パプアニューギニア
ニューギニア島
ビスマーク諸島
ウェワク
（ウイワック）
セピック川
ビスマーク海
インドネシア
ヨリアピ
ラバウル
ビスマーク山脈
マダン
ニューブリテン島
オム川
オクサプミン
ブーゲンビル島
ラエ
ウィルヘルム山
（ウイルヘルミナ山）
4509m
フライ川
オーウェン・スタンリー山脈
テレフォミン
（テルフォーミン）
パプア湾
ポートモレスビー
オーストラリア

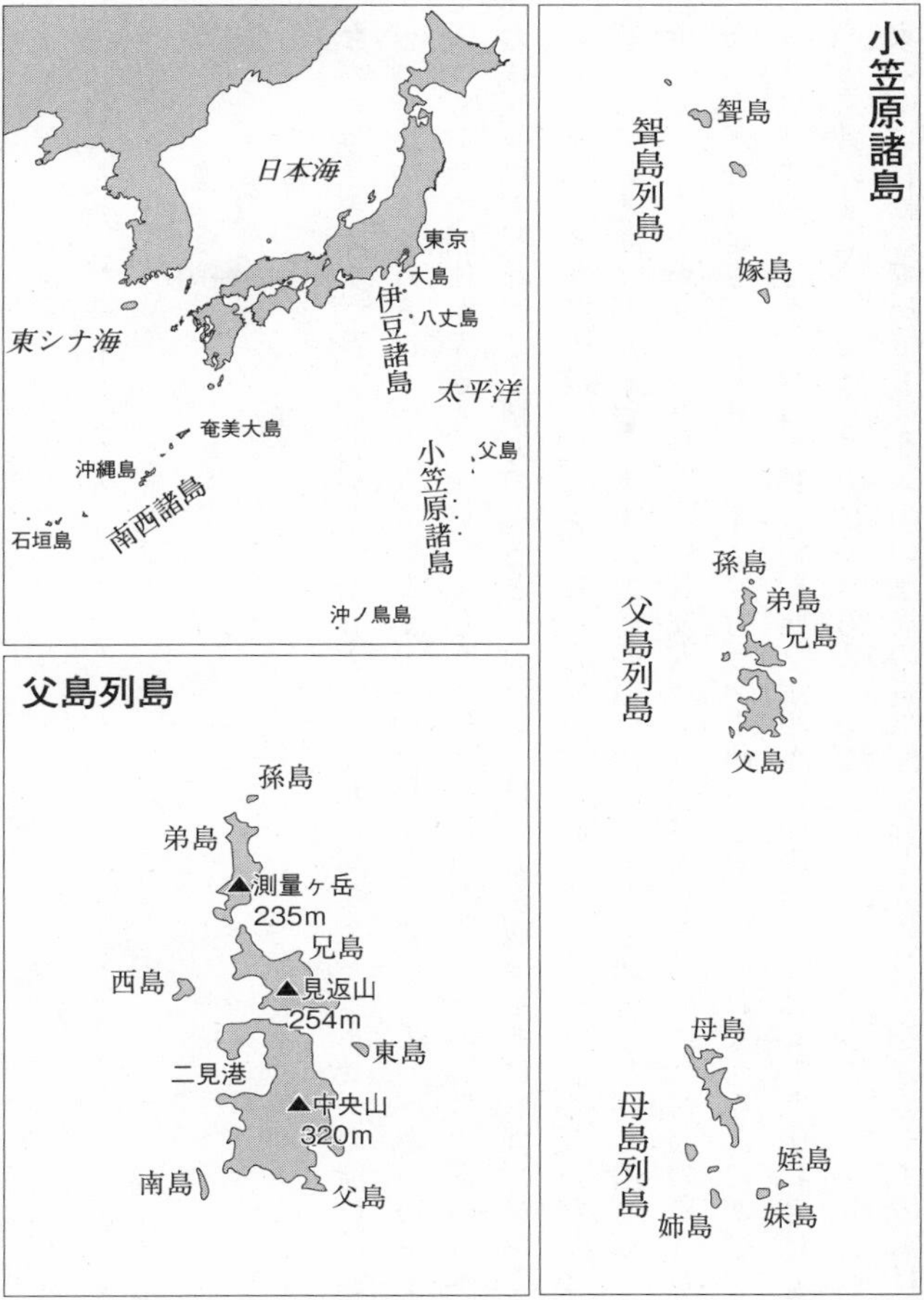

「遥か太平洋上に　父島」関連地図

女二人のニューギニア（抄）

1

　私がニューギニアへ行くと言いだしたとき、そんな無謀なことはよせ、お前には無理だと言って止めてくれるひとが一人もいなかったのは何故《なぜ》だったのだろう。私は身長一六四センチもあって図体が大きく、一見丈夫そうに見えるけれども、その実はウドの大木で、体力は人並以下、わけても脚力のなさといったら、世の人が血道をあげるゴルフでさえ歩くのが辛いのでやめてしまったくらいなのだ。動作が鈍いので悠揚《ゆうよう》せまらない女だという誤解をしている人々がいるが、本当は虫一匹這い出してきても悲鳴をあげて逃げるような弱虫なのだ。そういうことを身近にいる友人たちは、みんな知っていた筈《はず》なのに、どうしてあの人たちは誰も、私のニューギニア行きをやめろと言ってくれなかったのか。

　ヨリアピに着いてから数日、私は痛む躰《からだ》を畑中さんの家のでこぼこした床に伸ばして、ずっと未練がましく、こんなことばかり考えていた。

　家の中に寝転んでいても、オムル川の激流の音は聞こえてくるし、窓から（その家は要するにほんの小さな囲いがあるだけで、その囲いもスノコのように隙間だらけだから、どこもかも窓だったといえるのだが）見えるのは、緑濃い山脈《やまなみ》である。ヨリアピというところは、密林で掩《おお》われた山々で十重《とえ》二十重《はたえ》に取り囲まれたところなのだった。ああ、あの山々を私は私のこの足で歩いて越えてきたのかと、しばらく私は自分でも信じられなかった。

しかしいつまでものんびりと寝てはいられなかった。足の爪が、親指の爪が色を変えてバクバクにはがれかかっていたし、得体の知れない虫が襲いかかってきて、そのあとの痒《かゆ》さといったらない。ボリボリと掻き、ああ痒いと心の中で悲鳴をあげ、夢中で掻いていると、すぐ耳許《みみもと》で、

「フィナーニ・ロイヤーネ」

と優雅な声が聞こえる。

「シシミンが、あんたに挨拶に来たわよ、起きなさい」

畑中さんが活を入れるように大声で言うので、私はよいしょよいしょと節々の痛む躰を起こして立上り、足をひきずりながら戸口へ出て行った。

鼻の先に三つ穴をあけ、そこから鸚鵡《おうむ》の黒い爪を一本ずつ突き出している背の高い男が私の方に長い手を差し出している。

「シシミンの酋長《しゅうちょう》よ。フィアウという名ァよ。あんたもフィナーニと言いなさい」

畑中さんの言うとおり、フィナーニと言うと、フィアウは馬のように大きな口をひろげ

てまたフィナーニ・ロイヤーネと繰返した。彼の背後には、豚の牙を鼻にさした男や、片方の耳に竜の落し子に似た虫のくるりと巻いたのを吊下げているのや、鸚鵡のトサカを小鼻の穴に通し、眼と眼の間で十文字にぶっ違えているなど、さまざまなシシミンがいた。みんな片手に弓矢を摑んでいる。ああ私は、つまりこういうところへ来てしまったのかと私は改めて溜息《ためいき》が出た。

フィアウが、ぐいと私の手を握りしめた。親愛の情を私も示すために握り返そうとして彼を見上げた私は、もう少しで後へ飛び退《の》くところだった。彼だけが頭にオーストラリア陸軍の制帽を冠《かぶ》っていた。それはつば広で片端をピンと折り上げたなかなか伊達《だて》な帽子だったのだが、ひどく古いものらしく縁はぼろぼろになっていた。きたないのである。しかし私が驚いたのは、そんなことではない。彼の首の下から、胸、肩、二の腕の逞《たくま》しく盛上った筋肉を掩《おお》っている黒い肌が、指の先まで細かく亀裂がはいり、それぞれ小さく渦巻いている。

「ひ、皮膚病なのかしら、このひと」

私は手を放してから、おそるおそる畑中さんに訊《き》いた。

「これがシック・プクプクというて鰐《わに》皮みたいになる皮膚病なのよ。プクプクというのは鰐のことや」

「ああ」

「このおっさんは、その他に象皮病《ぞうひびょう》も持ってるで」

「どこに」

「そこんとこや。その草の下あたり」

フィアウは、緑色の草の束を前にぶら下げていた。帽子とその草を除けば、彼は全裸だったのである。そしてひきしまった腿《もも》の付け根には象の皮のようなものが、大きくかたまって、ぶくぶくと腫《は》れ上っていた。ぞっとしながらも、そこは私だって作家だから他の男たちはどうなっているのだろうかと、さりげなく見まわしたところが、男たちは誰もパンツをはいていない。草を下げているのはフィアウだけで、他の連中は股のところに小さな筒のような木の実のような黄茶色のものを一本ぶらさげている。畑中さんの説明によれば瓢箪《ひょうたん》の一種だということであった。

これはまあ本当に、大変なところに来てしまったものだ、と私はまた溜息が出てきた。

「このフィアウは二年ほど前の戦闘で二十八人のドラムミンを射殺した男よ。あまり賢くはないけど、ものすごく強いらしい。躰つき見てごらん。いい線やろ」

しかし私は彼の男性美を鑑賞する余裕はなく、彼がごく最近、二十八人もの人間を殺したという一言に釘づけにされていた。

「こ、このひと、人殺し？」

「うん。数の中には女子供は入れてへん。女子供の方は、ナタで叩き殺したらしいわ」

「そんな殺しあいが始終あるの?」

「うん、種族間のトラブルはようあるらしい。まだ私は詳しく調べあげてないけども」

「私たちは大丈夫なのかしら」

「そら分らへんで。ずっと前にシシミンから野豚一匹物々交換したんやけど私一人では食べられへんので足一本残してみんなにやってしもうたら、それから二カ月して一人死んだんやて。それが私のスピリットのせいやということになってあるんや。二カ月前に食べた豚でやで。むちゃくちゃやろ。そやからね、いつ石矢が飛んでくるか分りませんよ」

私が蒼くなってきたのを見て、畑中さんは豪快な笑い声をあげた。畑中さんは私と較《くら》べるまでもなく小柄な女性なのだが、声だけは大層大きいのである。

「大丈夫やて。ポリスが二人、ライフル持って付いているやないの。安心してなさい」

ニューギニア人のポリスは、制服制帽を着用してピジン*英語を話すけれども、彼らの顔もよく見ると、眼の縁に入れ墨がしてあったり、鼻の先に穴があって、この間まで骨をさしていたという痕《あと》が歴然としている。しかも彼らは弓矢でなくライフルを持っているのだ。畑中さんがいくら大丈夫だと言っても、私は大丈夫だと思えなかったし、安心しろと言われても私は安心できなかった。

しかしヨリアピというところは飛行機は決して着陸できない谷隙にあり、ニューギニアでは万金を積んでもヘリコプターは呼ぶことができない。外界との連絡は、私が三日間死にもの狂いで歩いたあの五つの山を越えて、オクサプミンというパトロール事務所へ出る以外には方法がない。私はほんの一週間ほどでオクサプミンに戻るつもりで出かけてきたのだが、足の爪ははがれているし、今の状態では、またあの山を越えることなど気力体力ともにとても出来ることではなかった。

このシシミン族と共に、これから私は暮すというのか。

私が最初持っていた好奇心などはけしとんでしまっていた。私は帰りたかった。一日も早く、こんなオッカナイところから逃げ出したかった。しかし帰るには、私の目の前に立ちはだかっているジャングルでおおわれた五つの山々を、よじ登り、すべり落ち、這いまわりながら泥だらけになって、毒キノコに喰いつかれたり、山蛭《やまびる》に吸いつかれたりしながら越えなければならないのである。

もう当分は帰れない……。

このままシシミンの餌食になってしまうのではないかと、私は慄然としていた。子供のことが、しきりと思い出された。ニューギニアというところは子持ちの女の来るところではなかった。畑中さんには悪いけれど、このときの私の正直な気持でいえば、ここは人間の来るべきところではないと思われた。なんという馬鹿だったろう、私は。こんな凄いところへ、私は実に、なにげなく出かけてしまったのだったから。私は東京にいる友だちの誰彼の顔を思い浮かべ、あの人たちはどうして私を引止めなかったのか。中にはジャーナリストも何人かいたのに、あの人たちは、「へえ、ニューギニアへ？　そいつはいいなあ」とか、「凄いですね、羨《うらやま》しいなあ」とか、そんな無責任なことしか言わなかった。つまり、あの人たちは、ニューギニアについて、まるきり無知で認識不足だったのだ。なんという頼りにならない連中だろう。私は心の中で、彼らに当り散らしていた。

見渡せば、ヨリアピは文字通り大自然の中に埋もれていた。目の前にそそり立つ山々は緑という一つの文字では足りないほど、さまざまの緑におおわれていて、どの木も見覚えのないものばかり。川の流れは急で、水の色は泥色、バケツで汲みあげても泥は沈まない。そして暑い。しかし短い日照時間が過ぎると急激に冷える。夜、石油ランプをつければ、見たこともない無気味な虫の大群が襲いかかってくる。ああ、大変なことになってしまった。私はこれからどういうことになるのだろう。

心細さに、そっと畑中さんの顔を見上げると、彼女はにっこりと笑って言ったものだ。

「あんた、よう来てくれたわ。居たいだけ、ゆっくりしてたらええわ。簡単には帰れんところがニューギニアよ」

そもそもの発端から書いておかなければならない。わが畏友、畑中幸子《さちこ》さんは東京大学大学院文化人類学教室に籍をおく一学究である。著書に「南太平洋の環礁にて」（岩波新書）があり、それは彼女の最初のフィールドワークであったポリネシアについて書かれたものである。私とは十数年前、どちらも学生だった頃からの知りあいで、しいて言えば同郷だが、私は紀北、彼女は紀南の出身で、和歌山県民としての共通点はあまりない。畑中さんはポリネシアの次のフィールドワークとしてニューギニアの未開社会を選び、一年ウエストハイランドで過ごしてから昨年（一九六七年）八月まで帰国していた。学位論文を書くのが目的で、そのあと前記の著書も書き上げてから、再びニューギニアへ出かけて行ったのである。

その直前、何年ぶりかで私が会ったとき、畑中さんは論文を書くのに精力を使い果たしたという姿でふらふらになっていた。

「東京は騒がしゅうてかなわん。私はもう疲れてしもうた。早《はよ》うニューギニアへ帰りたい。ニューギニアは、ほんまにええとこやで、有吉さん。私は好きやなあ」

「そう。そんなにニューギニアっていいところ？」

「うん、あんたも来てみない？　歓迎するわよ」

私はその翌年、つまり今年の前半にインドネシアへの旅行を計画していたので、インドネシアとニューギニアなら地図で見ればほんの五センチほどの距離だから、いとも簡単に畑中さんの誘いに乗ってしまったのであった。

「じゃあ、行くわ。案内してくれる？」

「よっしゃ。これで私はニューギニアでは顔なんよ。これこそニューギニアやというとこ見せたげるわ。プログラムは任せといて」

ということで、私としてはこういう機会でもなければ未開社会は覗《のぞ》けないしという、大層気楽な気持で約束してしまったのであった。

去年の八月、貨物船でニューギニアについた畑中さんから、オーストラリア政府が家を建ててくれた、畑もつくったから、あなたの着く頃は、あなたは私の汗の結晶を食べられるわよ、などという楽しい手紙が届いた。私の方はその頃、芝居の演出があったり、連載小説の完結があったり、新年早々の旅立ち前で忙殺されたりして、東南アジア旅行の予定がきまるとすぐニューギニア到着の日時を連絡した。畑中さんのところから東京までの手紙は、運のいいときで十二日、長くかかるときは二十日間ぐらいかかってしまうので、どちらの手紙も食い違いが多かった。私が日程を知らせて数日後に、「あなた本当に来るつもり？」などという念押しの手紙が来たり、「予定を変更して途中で日本へ帰るときは、すぐ知らせてね。ウイワックまで出るのにかかる五十四ドルがもったいないから」などと畑中さんから言ってくる。後で考えれば、そこの段階で気がついてもよかったのだが、私はその都度《つど》すぐ筆をとって、「行くと言ったら行きます」だとか、「予定は絶対に変更しませんから、ウイワックまでは必ず降りて来ていて下さい」などと書き送った。

「川の水が茶色いので、私は消毒液を落して飲んでいるけれど、あなたは携帯用のロカ器を持って来た方がいいと思うわ」という手紙があったので、すぐにその道の専門家に頼んで携帯用の他に一年間保証付きの大きなロカ器も買込んで船荷にして送り出した。そのときは、まさか私が現地で茶色い水を平気でガブガブ飲むような事態にたち到ろうとは夢にも思わなかった。アノラックも、スリーピングバッグも、キャラバンシューズも、特別あつらえの絹の蚊帳《かや》も一式揃えて送り出したが、生れてから一度も山登りなどしたことのない私は、自分がそれらを使って暮しているところを想像してみても何の実感も湧かなかった。何しろ私は忙しすぎた。年末に終る筈の連載小説が、登場人物たちが勝手に動き、それぞれに自己主張するものだから、翌年の七月号の分まで書き溜めしなければならなかったのである。だから頭は、その「出雲の阿国《おくに》」一本に集中していて、とてもニューギニアまでは思いが及ばなかったと言えば言える。しかも書き溜めの最中に風邪をひいた。インドネシアで四歳から十一歳まで過ごしているので、冬には滅法弱いのである。

年が明けると私は風邪薬をたっぷり持って、羽田空港から飛び上った。すると不思議なくらいケロリと風邪は治ってしまって、第二の故郷、東南アジアの風物にたちまち酔って夢中になっていた。熱帯は、私にとって木も草も、人々の肌の色も懐しく、四分の一世紀昔には自由に喋ることのできたインドネシア語が、どんどん甦《よみがえ》ってくるのに嬉々として、ときのたつのを忘れてしまった。

そうして日本を出てから二カ月も後になって、私はようやくニューギニアへ着くことになったのである。

2

二十五年ぶりのインドネシアでは一日も無駄にせず来年（一九六九年）の小説の舞台になる場所をせっせと見てまわった。構想はもう何年も前に出来上っていたものだが、そうしていると心が昂《たか》ぶってきて、次がニューギニアだということまで考える余裕がなかった。

ジャカルタからニューギニアへの最短距離は、もちろん直線コースだが、これは西イリアンを経由するので多分に危険をともなう。考えられる最良の方法としては、ジャカルタからマニラへ飛んで、そこからポートモレスビーへ直行することであったが、私が日本で選んだエージェントの担当者は、ジャカルタ、マニラ間のフライトはないと言った。そんなことはない筈だからもう一度調べて下さいと頼んで、二日の時間をあげたのに、どう調べてもないというので、私はジャカルタからオーストラリアのパースを経てシドニーに一泊し、そこからポートモレスビーへと大廻《おおまわ》りをすることになった。あれだけ念を押してもなかったのだからと、ジャカルタではあちこち飛び歩いて、さて出発間近くなって人に訊くと、ガルーダ航空は週に一度ジャカルタとマニラを往復しているというではないか。私は逆上したが、畑中さんと打合せてある日時の手前、もう飛行機を変えることができない。そこで時間もお金も何もかも無駄と分りきった大廻り道を飛ぶしかなかったのだ。

私がなぜこんなことを長々と書くかと言えば、外国旅行を扱っている航空会社やエージエントは沢山あるけれども、しっかりしたところを選ばねばならないということを、今度の旅行ほど骨身にしみて感じたことはなかったからである。これから外国旅行をなさる方々のために、これは言っておきたい。このとき、この会社のミスは、この一事だけでなく、全部で四度もあり、その都度、私は旅先で立往生をしたのだった。外国で一人旅で、エージェントの手違いやミスに気がついたときほど途方に暮れることはない。私はジャカルタからシドニーまで八時間以上の長い時間、あれを思い出し、これを考えてはひたすら激怒していた。本来ならばポートモレスビーに到着している頃、私はようやくシドニーで、それもホテルには夜の十一時に着いて翌朝五時には飛び起きるというハード・スケジュールになっているのである。

翌日の昼過ぎポートモレスビーに着いたときは、私は怒りと睡眠不足と疲れとで、ふらふらになってしまっていた。ここでウイワック行きの飛行機に乗り換えるまで約一時間あり、税関で、かなり厳しい質問を受けた。シドニーの税関でも荷物をひろげたあとなので、同じオーストラリア領で、どうしてこういうことをするのだろうかと思ったが、税関吏は念入りにトランプなどの賭博用品は持っていないかと訊いたものだ。あやしげな絵や本の類も、持っていたら取上げられるらしかった。私の行き先は、オーストラリア領のパプア（ニューギニア東南部）でなく、国連からオーストラリアが委任されて信託統治をしているテリトリーであるために、一層神経質になっているのだということには後になって気がついた。一九七〇年には西イリアンに呼応して東側も独立するという動きがあるので、そのためにもニューギニア人に危害を与えるものは歓迎しない方針らしい。

さて、いよいよニューギニアの入口に着いたもののポートモレスビーは田舎の小さな飛行場みたいで、パプア人たちもいるけれど、みんな服を着てあたり前の格好をしているし、疲れていたせいもあって私には格別の感激はなかった。白人と現地人が入り混っている光景は、すでに二カ月あちこちの国で見てきた後なので、目新しいものではなかったのである。それよりも、それまで乗ってきたジェット機でなく、プロペラ機に乗り換えることの方がちょっと心配だった。それは小さな飛行機で三十人分も座席があっただろうか。巡査の制服を着た三人ばかりのニューギニア人が混っていたが、私の隣も白人だったし、ちょっと誰か現地人と話してみたかったが、それはできなかった。それに私は今度の旅行が手違いだらけだったので取越苦労をするようになり、もしウイワックに着いてから畑中さんが来ていなかったらどうしようかと、そればかり心配していた。何しろ畑中さんはニューギニアへ来たら任せておいてねと言ったし、私もすっかりその気だったので、何の予定も計画も私一人では持ちあわせがなかったのだ。旅行前はインドネシアに関する新刊書を持って出て暇があれば読んでいたので、ニューギニアについてはまるで白紙の状態だった。

しかしまあ私の多少の名誉のために言っておくが、私がニューギニアに関する本も紹介書もまるで見たことがないというわけではない。原始の国、未開の国、ジャングル、パプア族の奇習、彼らの極楽鳥の羽で飾りたてた正装の絵はがきなどは、もう沢山というほど知っていた。しかし私は、実のところそれらについてはタカをくっていたのである。ハワイだって、タイのミャオ族だって、原始生活を営んでいる種族たちはいるが、彼らのほとんどは観光用に暮していて、日本でいえば大島のアンコや島原の太夫《たゆう》たちと大差ないのだ。ニューギニアだって、またそんなものだろう。彼らの飾っているビーズ玉なんかは、プラスチック製になっているのではないか（これだけは本当にその通りだった）。その証拠には、ポートモレスビーの空港で見かけたパプア人たちは、粗末なものでもともかく着ていたし、男たちは腕時計をし、色眼鏡をかけ、靴下をきちんとはいて靴もはいていた。一九七〇年には独立するというのだ。それまでもうあと三年しかないのだから、これは当然というものではないか。

ポートモレスビーを飛び立った飛行機は、やがてテリトリーで一番大きな都会であるラエに着いて、いよいよマダンからウイワックに向った。どの飛行場も小さくて、空港の建物はバラックだった。土産物屋があったのはラエだけである。ここで見かけたネイティブたちは、上半身は逞しい褐色の肌を誇らしげにあらわにしていたが、例外なくパンツをはいていて、着陸した飛行機から荷物を下ろしたり、新たに積込んだり、キビキビと働いていた。暑い国なのだから、シャツを着ていないからといって彼らの文明度をはかる基準にはならない。東南アジアのどの独立国だって上半身が裸で、素足で歩いている人たちはいくらもいた。靴などという窮屈なものをはかなくたって、熱帯ではその方が足がむれて水虫になる心配がないだけでもよいというものだ。

飛んでいる飛行機の窓から下を見下ろすと、海が青く緑に揺れ、海岸線が絵のように美しい。遥かに、あれがジャングルかしらんと思える暗緑色の地帯が見えたが、飛行機は海岸沿いに飛んでいたので、私には少しもそれが怖ろしいものとは思えなかった。要するに、この時点でも私はまだニューギニアに対して心の準備はできていなかったのだと言っていい。

ウイワックでは、東セピックの地方長官の家に一泊させてもらうことになっていたので、少しは立派な空港だろうかと思っていたが、それはやはり日本の片田舎の飛行場より小さな規模のもので、建物は相変らずバラック。マダンともラエとも大差なかった。違っていたのはその建物の中に、小柄な畑中さんが紺色のツーピースを着て立っていたことで、私を認めると彼女は走ってきて、

「あんた、やっぱり来たわねえ。よう来たねえ。まさか、まさかと思ってたのに」

抱きついて、こんなことを口走るのである。いくら再会が嬉しいといっても、随分大げさなことを言うひとだなと私はあっけにとられた。行くといって最初から旅程に組んでいたのだから、まさかと思うことはないじゃないかと思う。飛行機に乗り続けで、ぼうっとしていたから、私はこの畑中さんの歓迎の辞からニューギニアの現実を読みとる余裕はな

かった。

ウイワックに着いたその日は怖ろしく忙しいことになった。二カ月前に送っておいた船便が届いていたので、それを解体して数個の手荷物に作り直した。町へ買物に出かけ、罐《かん》詰《づめ》の食品を買った。

「贅沢品《ぜいたく》ばかりやけどね、あんたは私のような食生活はようせんやろから。お米も買《こ》うておきましたよ」

私は一週間ぐらいで帰ってくるつもりだったから、私の好みのものを十幾つか買ったが、畑中さんは一々点検して、

「こんなもん仰山《ぎょうさん》買うて、あんたどうする気や。いらん、いらん」

と大半は不合格になってしまった。

畑中さんはその他に釣糸と釣針、それから男もののパンツを二枚に洗濯石鹸《せっけん》を買込んだ。スーパーマーケットだから、なんでもあるのだ。私はちょっとしゃれた耐火陶器のスープ皿があったので、畑中さんに見つからないように、そっと買って、お金を払ってしまった。

私は去年出版した本が、作家になって以来初めての売れ行きを示したので、大変お金があるのだと畑中さんに説明したのだが、畑中さんは頑《かたく》なに首を振って、

「ニューギニアは私のフランチャイズやからね、あんたにお金は使わせへんよ」

と言うのである。

「それにあんた、トマトといんげん豆が食べきれんほどとれるようになってるんやで。葱《ねぎ》もあるよ。胡瓜《きゆうり》もある。もう野菜には不自由せえへんのよ」

二斤の食パンを買うと、畑中さんはビニール袋を三重にして、その中に包みこみ、大事そうに抱きかかえた。

「こうしておかんと、匂いが移るんでね」

「何の匂い？」

「ネイティブの匂いやねん」

「どんな匂い？」

「筆舌につくしがたいわ、あれは。臭い臭い、鼻がちぎれそうになるのよ」

「体臭？」

「だけやないね。風呂に入れへんし、なんせ躰中に豚の脂塗りたくってあるやろ？　もの凄う臭いんや。私がまた特別、鼻がようきくんでねえ、あんたは平気かしれへんけど」

この話も私はあまり切実なものとして受取らなかった。私は東南アジアの国々をまわってきて、水浴《マンデー》する民族と親しんだ後であったから、畑中さんのいるヨリアピはオム川という川のすぐそばだというのだから、シシミンたちも水浴びして常に清潔を保っているのではないか。南方の人々は、水で洗うことを億劫《おつくう》がらないのだから、畑中さんが大げさに言うほどのことはあるまいと思っていた。私は更に、十年ばかり前に没頭して読んでいたアメリカン・ニグロに関する書物の中で、彼らの体臭が強烈だというのは一種の迷信であって、白人と同じくらいの個人差があるだけだという一文も思い出していた。

その夜は、セピック地方の長官の家のゲストハウスに泊ることになっていた。戦争中は日本海軍の司令部のあったところで、大きな防空壕《ぼうくうごう》がそのまま残っていた。その中にはつい一月ばかり前に遺骨収集団が来るまで飯盒《はんごう》や何かがごろごろ転がっていたという。今はその上に緑の芝生がひろがり、熱帯の花々が咲き、甘酸《あまずっぱ》い香をただよわせているけれども、防空壕の入口から中を覗いたときの無気味な暗黒はしばらく忘れることができないものだった。

「戦争の遺跡は、あっちこっちに残っているのよ。こんなところまできて負け戦《いくさ》で、兵隊さんはえらかったやろなあと思うわ」

「ウイワックでは全滅したんですってねえ」

「そう。私の見付けた飯盒には、石の片《かけら》か何かで、山田と中村って死にぎわに名だけでも残そうとしたんやないかしらん、掻き傷のようなものがついていた」

広い庭を食事の時間がくるまで逍遥《しょうよう》しながら、しばらく私たちは言葉がなかった。遠く海鳴りが聞こえていた。

地方長官夫妻が、その夜は私たち二人を招いて下さった。が、私たちの他に、パプア地方の官吏たちが数人、客として同じ卓を囲んでいた。みんなオーストラリア人で、言うまでもなく白人であり、英語を話す。席上、みんなの質問は畑中さんに集中した。彼女がニューギニアではかなりの有名人であるらしいことがよく分る光景だった。畑中さんは自分が、一九六五年に政府に発見されたシシミンという一種族の調査をしていることと、それについて、この半年の間に掴めた事柄を慎重に話していた。

「ヨリアピというところへは、どうやって行くのですか」

「ウイワックからオクサプミンまでキリスト教ミッションの飛行機（ＭＡＬ）が週に一度飛んでいますので、私たちは明朝、それに乗るつもりです。オクサプミンからヨリアピは歩くより他に方法はありません」

「どのくらい歩くのですか」

「三日です」

「一日にどのくらい歩きますか」

「はい、十一時間です」

そのとき卓上のお料理は大層おいしかったので、私は会話に加わらずにひたすら食欲に専念していたのだが、ここへきて思わず手に持っていたフォークを落すほど驚いた。

「十一時間ですって？」

「そうよ」

「誰が歩くの？」

「あんたと私」

「それは無理よ、私はゴルフのコースだって十八ホールまわる頃は口もきけなくなるのよ。十一時間なんて、とても駄目だわ。私は東京の日本橋では白木屋と三越の間だってタクシーに乗るのよ」

「ここまで来て、そんなこと言われても困るなあ。ニューギニアの山奥はタクシーどころかジープも通れへんのよ」

この会話はオーストラリア人たちの手前、英語で交わされたもので、みんなげらげら笑って聞いていたが、私は笑うどころではなかった。一日に十一時間！　東京では歩くなどということとはおよそ無縁で、運動不足が当然という生活をもう何年も続けている私だ。

「あんたが疲れたら、三日にしてもええけどね」

「そうして頂《ちょう》だい」

「うん」

畑中さんが、あっさり承知したので私は簡単に安心してしまった。三日で二十二時間を割っても一日に七、八時間は歩くのだという勘定を、愚かにも私は忘れていた。

そして翌朝、スラックス姿で颯爽《さっそう》とＭＡＬの小さな小さな飛行場まで車で乗りつけた私は、辺りを見まわしても乗るべき飛行機が見当らないので、畑中さんに訊いた。

「定刻十五分前だけど、まだ飛行機は来ていないわねえ」

「来てますよ。それですよ」

「え？」

畑中さんは、荷物の重さを計ってもらうのにかかっていて、面倒くさそうに私たちのすぐ目の前にある玩具《おもちゃ》のような小さな飛行機を指さすと向うへ行ってしまった。

私は愕然とした。立ちすくんでいた。これに、私が乗るというのか。

それは、まったく小さくて、００７が映画の中でスーツケースから取出し、見る間に組立てた戦闘機とよく似ていた。パイロットが前に乗り、私たちが後に並んで坐ると、もう身動きできないほど小さいのだ。私はあまりのことに言葉を失っていると、畑中さんは勢いよく座席のベルトを締めながら叫んだ。

「あんた、運ええなあ。こんな大きいセスナ、私は久しぶりで乗るわ」

3

蒼ざめている私を乗せたセスナは、翼をブルンブルンと震わし、機体をミシミシと鳴らしながら、やがて飛び上った。今にもバラバラと空中分解するのではないかという妄想に胸をしめつけられて私は息苦しかった。私は今から取り返しのつかないことをしようとしているのではないか。こんな玩具みたいな、それも男の子が乱暴に使い古してオンボロになった玩具みたいなガタガタのセスナに乗って、本当に大丈夫なのだろうか。

「オクサプミンまで、どのくらいかかるの？」

「早くて一時間半やね。風の具合で二時間かかることもあるし、それに」

「それに？」

「オクサプミンは高い高い山の中にチョコンとあるベースやねん。そやからよう雨が降ってねえ、着陸できんことがしょっちゅうや」

「着陸できなくなると、どうなるのよ」

「ぐるぐる雲の上を飛んで油の切れそうになるまで晴れるのを待つんや」

「油が切れたら？」

「落ちるがな」

「ええ！」

「大丈夫、油の切れんうちに戻るよ。心配しなさんな」

畑中さんは、濶達《かったつ》な笑い声をあげて私の肩を叩き、私はその震動で機体がミシミシといったような気がして、いよいよ蒼くなった。

「あんた、安心してなさい。パイロットは神父さんやからね、落ちればまっすぐ天国へ行けますよ」

こんなときに、よくもこんな冗談が言えたものだ。私は責任を持って育てなければならない子供がいるのだから、たとえ行き先が天国でも、まだ当分は行きたくない。絶対に行くわけにはいかない。

「あんた眼ェすえて、どこ見てるん。下を見なさいよ、下を。全部ジャングルやで。これがニューギニアというところですよ」

こわごわ窓から下を見ると、一面の暗緑色である。しかし、あまり高く飛んでいないので一本一本の樹木がはっきりと見える。よく見ると、ところどころに一木一草も生えていない地帯がある。まるで学校の運動場のようなものがある。それらは荒地であったり、泥沼であったり、政府のベースであったり、ある種族の家が密集しているところであったりした。

畑中さんは神父といったが、セスナの操縦桿《かん》を握っているのは若い牧師で、半ズボンに半袖のボロシャツ姿だった。彼はときどき身をのり出すようにして下を覗く。そういうところには必ず草ぶきの小さな屋根が集っていて、つまり彼はよそ見をするのである。その度に私はハラハラしたが、まさか注意するわけにもいかない。

暗緑色のあいまに、まるでゴルフコースのような鮮やかな緑がひろがっていることもあった。

「あれは何?」

「草原や。ヨリアピの私の家の前がずっとこんな草原やで」

私はそれで、畑中さんのヨリアピの家がすてきな緑の絨緞《じゅうたん》を敷き詰めたような芝生にとりまかれているところを想像したのだから、後になって自分でも呆《あき》れてしまう。しかし、セスナから見下した限りでは、そのときそう見えたのだから仕方がない。

「今、何が見える？」

「何かしら。芝生のかたまりみたいなものがあっちこっちにあって。あ、湖だ」

「底なし沼やで。浮草が島みたいになってるんよ。ここに落ちたら何も出てこんという話やわ」

どうしてこう落ちる落ちるという話をするのかと、私は半ば呆れ、半ば恨みがましく畑中さんの横顔を見た。すると、そんな話をしている畑中さんの顔色が、まっ青になっているのだ。ここに到って私はまったく絶望的な気持になった。怖いのだ、畑中さんも。口では勇ましげに、落ちても平気だと装っているが、その実は芯から怖いのだ。でなくて、このただならない顔色はないだろう。

畑中さんは座席の背中にのびたような姿になり、顔は仰向けているが眼は瞑《つむ》っていた。

「今、何が見える？」

自分は怖いものだから、とても下を見ることができないのだな、と私は思った。すると妙なもので、急に心が鎮まってきた。私は落着きはらって下を眺め、ゆっくりと説明した。

「川だわね。大きな川らしいけど、面白いわ。デコレーションケーキにチョコレートで英語を書いたように華やかに曲りくねっているわよ」

「それが有名なセピック川やねん」

「そう？　こう曲りくねっていたのでは、洪水になったら大変でしょうねえ」

畑中さんは黙っていて答えない。顔色は、いよいよ青い。この人は恐怖で死にそうになっているのだろうか。そんな怖い思いまでして、どうしてまたこの人は、こんなニューギニアをフィールドワークに選んだのか。私は眉をひそめて畑中さんの様子を眺めていた。

随分たってから、畑中さんが言った。

「あんた、手拭い持ってる？」

「手拭いやタオルは荷物の中よ。ハンカチなら持ってるけど」

「貸して」

「どうしたの？」

「酔うたんや。気持が悪い。私は乗物には弱いんでねえ、それでウイワックまで迎えに出るの嫌やったんよ」

私は慌ててハンドバッグから持っているハンカチを引張り出したが、畑中さんはそれを鷲《わし》づかみにすると口に当て、また眼を瞑った。

「大丈夫？」

「苦しいわ。落ちてもええから止ってほしいくらいや」

「冗談じゃないわよ。ここで落ちたらどうなると思うのよ」

「絶対に助かれへんな。ジャングルの中にもぐってしまうから、上から探しても見つかれへん。何年かたってからネイティブが見つけて、セスナの部品や乗ってた人間の持物を首や鼻にさげて飾るやろ。それをキャプ（パトロール・オフィサー）が見つけて、それどこで拾うたか言うて、それから探索隊が出かけて発見ということになっても、私らその頃は白骨やね」

セスナに酔って死ぬほど苦しいというのに、よくもまあこんなことを次から次に言えるものだ。白骨とはなんだ、白骨とは。ガタガタ飛んでいる最中に縁起でもない。たまりかねて私が文句を言うと、青い顔のままで畑中さんはニヤリと笑って、

「そやけど、あんたのハンドバッグの止め金なあ、落ちて外れたらネイティブが大喜びして鼻に刺すよ」

などとまだ言うのである。

「こんなものが、どうやって鼻にはまるの」

「はまるよ。シシミンでもドラムミンでも鼻の先は幾つも穴があいてるもん」

よく揺れるセスナだった。私も大分胸がムカムカしてきた。何より怖いのは、ガタガタミシミシと翼や胴が鳴ることである。

「ニューギニアは、こういうセスナばっかり飛んでるの？」

「うん。ミッションのと政府のと、この二種類や」

「落ちない？」

「よう落ちてるようやで。ニュースにもならんくらいや」

どうして何を話しても落ちる話になってしまうのだろう。私は心から溜息をつき、しかしまだ肝っ玉が坐《すわ》るところまで行かずに、うろうろと窓の外を眺めていた。まったく、このジャングルはいつまで続くというのだろう。ウイワックを飛び上ったところから、まだ一度も眼下に町らしいものが見えたことがないのだ。見渡す限り原始林なのだ。一時間以上も同じ景色なのだから見あきてしまうのも当然だ。だから思うことは、無事に着くのだろうかどうだろうかということである。日本では国内航空でも救命具の付け方を機内で客に示すサービスがあるのに、このセスナにのるときはそんな注意は一切なかったし、どこにも救命具らしいものは見当らない。もっとも、かりにパラシュートで降りたとしてもそれで傷一つ受けずに地上に着陸できたところで、こんなところでは歩きまわった末に餓死するのがオチなのだろう。私は心の中で幾度も両手を振ってはらいよけようとしながらも、最悪の事態しか思い浮かばないので当惑していた。

しかし幸いなことに、畑中さんの酔いも最悪の事態に至らず、雨の多いオクサプミンもこの日は快晴に恵まれ、風も追い風だったのか予定時間より十五分も早く、私たちはオクサプミンの飛行場の芝生の上に降りたったのであった。

このときも私には失策があって、セスナが下降しはじめたときに、急いでオクサプミン近辺の地形を観察しておくべきであったのだ。しかし私も終りごろには畑中さんの酔いに感染して気持が悪く、下を向くとムカついてくるので姿勢としては天を仰ぎ、つまり現実にはセスナの鈍い銀色のアルミみたいな天井を眺めてただ不安のままに眼も閉じてもいられなかったのであった。もっとも、もともとがどんな詳しい地図を見たって、山が険《けわ》しいかどうかということはもとより、距離感だって分りはしないのだけれども、読者には私が後で調べた概略の地図を参照して頂こう。

御承知のように、ニューギニアは南太平洋上に浮かぶ一つの巨大な島である。私がセスナで飛んだ限りでは、それは大陸であったが、少なくとも地図の上では島だ。未だに私の実感では島とも思えないのだけれども。

それはオーストラリアの北にあって、大きさでは世界第二の島だということである。面積七七一、九〇〇平方キロメートル。東経一四一度の子午線を境に西はインドネシア領で西イリアンと呼ばれている。この人口が約七十万。東はビスマーク山脈が分水嶺《ぶんすいれい》になって、そこから南半分がオーストラリア領、これが通常パプアと呼ばれている。人口は四四六、一六三（一九五五年の推定）。さて東の北半分が畑中さんのいるわれらのニューギニアで、オーストラリア信託統治領であり、北東のビスマーク諸島やブーゲンビル島なども含めてテリトリー・オブ・ニューギニアと呼ばれている。人口一、二五四、一六〇（一九五五年の推定）。人口統計が推定であるところに御注意いただきたい。正確なところは、それから十三年たった現在だって分っていないのである。畑中さんの研究対象であるシシミン族も、政府の方では人数がまるで分ってなくて、畑中さんも百五十人までは勘定したが、もっといるのではないかと言っている。狩猟族なので種族がテンデンバラバラに動いているから総人口をつかまえるのが難しいのである。テリトリーの首都は、もとはニューブリテン島のラバウルであったが、今はパプアのポートモレスビーに政庁が置かれている。

平凡社の世界大百科事典によれば、その地勢は左の如くである。

「脊稜《せきりよう》山脈は……南のボンベライ半島に一、〇〇〇メートル内外の丘陵性山地を起すにすぎないが、胴体部で急に高まり、ナッソー、オレンジ、ビスマーク、オーウェン・スタンリーなどの山脈が連なり、尾部におよぶ。……最高峰カルステンス・トッペン（五、〇三〇メートル）をはじめ標高三、〇〇〇～五、〇〇〇メートルの高山が肩を並べ、氷河をいただくものもある」*

お恥ずかしいが私がこの部分を読んだのは、この原稿を書くのに正確を期するために取出した、たった今である。写しているうちに冷汗が出た。日本の霊峰富士が四、〇〇〇メートルに到らない山ではなかったか。私たちが出かけて行ったオクサプミンは、カルステンス・トッペン山とウイルヘルミナ山の恰度《ちようど》まん中にある山岳地帯だったのだ。西イリアンにもパプアにも近い正真正銘の険しい奥地だったのだ。ああ、それを畑中さんが「ええとこや」と言うのを信じ、なんの心準備もせずに出かけて行ったのだから、我ながら今更のように呆れてしまう。

さて、オクサプミン。

大きな山の噴火口が緑をもったような盆地で、玩具のようなプレハブ式の家がそう十軒もあったろうか、大半はまだ完成していなかったけれども。それに草葺《ぶ》きの屋根に籐《とう》編みの壁を持ったネイティブたちの家が十数軒。家といえるものはただそれだけなのに、小さな空港には制服制帽のポリスたちと一緒に上半身まる出しの女たち、豚の歯で作った首飾りをかけている男たちなどポートモレスビーやウイワックでは見ることのできなかった人々がいた。しかし男の大方は半ズボンをはいていたので、なんだ原始的といってもこの程度のところだったのかと私は拍子抜けしたくらいだった。

「随分ひらけているじゃないの」

「そう思う？　日本から来た人たちは、テレビの連中でも、このオクサプミンまでで、結構びっくりして帰ったのよ」

「へええ」

「極楽鳥は、そこのテキンまで行く途中で、頭の上をビュンビュン飛び交うわ」

オクサプミンに白人文明が入ったのは、一九六一年に、すぐ隣のテキンにキリスト教伝道団が来て以来だから、まだ七年しかたっていない。パトロール・オフィスが中央にあって、そこに白人のキャプが一人いるだけで、あとはネイティブのポリスが二十余人集っている。

「彼らは何をしているの？」

「さあ、種族同士で戦争が起こると鎮めに行くのが任務やな。そういうことのない間は、閑《ひま》を持て余しているよ」

どの家も屋根はトタンで、雨水を溜める仕掛けがしてある。これはウイワックでも同じだった。私たちはキャプの宿所にベッドルームが三つあったので、そのうちの一部屋に入り、ベッドの上に寝袋をひろげ、私は生れて初めてそういうもので眠るので英雄的な気持になった。

「あのねえ、有吉さん」

石油ランプを消してから、畑中さんが話しかけてきた。

「明日の朝から出発やけどねえ、あんた二日のコースより、大回りして九日歩けへんか。ちょっとしんどいけども、カルゴボーイに食糧担《かつ》がすんでお金もかかるけどもその方が景色もええし、これがほんまのニューギニアやという感激があるわよ」

「結構よ、私は三日だけで」

「九日は、嫌か」

「正直に言って嫌だわ」

「そうか、残念やなあ。九日歩けばニューギニアを堪能できるのに」

間もなく畑中さんの寝息が聞こえてきた。明日の朝は早いらしいから、私も早く眠らなければいけない。

しかし畑中さんも、なんというのんびりした人だろう。九日も歩くなんて！　九日たてば、私はヨリアピからまた、このオクサプミンへ戻ってくる筈ではないか。それからは町へ戻って、私は気楽な観光旅行をするつもりであった。この計画が翌日になって根底からひっくり返り、私自身が心身ともに滅茶滅茶《めちゃめちゃ》になってしまうとは、その夜は神ならぬ身の知る由もなかった。

4

翌朝、私は私なりにハッスルしていた。歩くことが大嫌いだったのに、事ここに到っては歩くことに決まったのだし、それは私の人生では初めてといっていい経験で（まったくその通りだった！）、だから、私は一人前の登山家のような身なりをしていた。ツバ広の木綿の帽子はバンコクで買ったニュー・ファッションである。日本で、それが似合うギリギリの年齢だといって感嘆されたことのあるブルージンのスラックス。袖の長い黄色いシャツは今日のために特別に誂《あつら》えたものであった。生れて初めてキャラバンシューズもはいた。木綿の靴下の上からウールの靴下を重ねてはき、キャラバンシューズの編上げ紐《ひも》を締め上げると、足首がきゅっと締まって、大層いい気持だった。私は颯爽として、寝袋を丸めてケースに突っこむと、それをぶらさげて家の外へ出た。今夜もこれの厄介になり、ジャングルの中で野宿するのだと思うと、またしても英雄的な気分になる。

家の前では、もう畑中さんが、十数人のオクサプミン族を集めて、タニムトーク（通訳）を使いながら点呼をとり、担ぐべき荷物を点検しては一つ一つ注意して渡していた。オクサプミンは一九六一年に開《ひら》けたので、ピジンがかなり分るらしい。畑中さんは、タニムトークを使うのが面倒になると大声でピジンで直接彼らに話しかける。私が持ってきた水のロカ器を一人に渡すとき、畑中さんは怖い顔をして爆発する真似《まね》をしながら、

「エミ・バーガラップ・バム。ユー・ダイ・フィニッシュ。ユー・ダイ・フィニッシュ。ええか、分ったか！」

何度も繰返してユー・ダイ・フィニッシュと言っているので、私は横合から、そっと訊いた。

「バーガラップって、何なの？」

「壊れるという意味のピジンよ」

「まあ、まさかロカ器が壊れたからって、爆発して死んじまうようなことはないわよ」

私は笑い出したが、畑中さんはニコリともせずに首を振って、

「そのくらいに言わんと、この連中は岩にぶつけたり投げおろしたり、なんでも滅茶滅茶にしよるんや。カン詰でもなんでも、ヨリアピについたらみんなイビツになってるんよ。こないだはランプのガラス破《わ》られて、本当に困ったんやで」

そこで畑中さんはまた、これを壊すとお前は死んじまうぞと大声で叫んで、ロカ器を恭々《うやうや》しく持ち上げて渡した。渡されたオクサプミン・ボーイは、まるで爆弾を受取ったような厳粛な顔をして、横合からもう一人が覗きこむのを叱りとばした。私は笑いを押し殺し、いくら畑中さんの言う通りでも、これはちょっと気の毒だと、しきりと彼に同情した。ライフルを担いだポリスが一人、私たちの護衛についてくるという。テルフォーミン出身でピジンを話す。温和な顔をしていて、名前はオブリシンといった。

「紹介しとくわ。これがテヤテヤと言って私のハウスクックや。彼だけがこの中でシシミン族なんよ。彼は生れて初めて他郷へ出て、私の帰りを待ってたというわけ。テヤテヤ、ジャパンのビッグペラ・ミセズ（偉い女）やぞ」

テヤテヤは当然ピジンができないので、私をちょっと見ただけで挨拶らしい挨拶はなかった。私もなんといったものかと迷ったが、英語をつかうことはないと思い、「こんにちは」と日本語で挨拶した。畑中さんも、ときどき乱暴な関西弁をまぜて怒鳴っているので、それにならったのである。

このテヤテヤは、大勢いるオクサプミンたちの中で見ると、確かにちょっと開け足りない感じがあった。人相もまるで違う。肌は同じように黒いけれども、眼がお人形のように大きくて、長い睫毛《まつげ》がカールしている。オクサプミンたちが小兵《こひょう》で精力的な感じなのに対して、テヤテヤはどこか力が抜けていて、オドオドしているように見えた。肌も、ひどくきたない。畑中さんは、彼に小さなリュックサックを担がせ、その中にウイワックから抱いて持ってきた食パンをしまいこんだ。

「つぶすなよ、つぶしたら承知せんぞ。分ったか」

分るはずがない。畑中さんは日本語で命令しているのだから。この頃から私は、畑中さんについて、私は過去十数年の交友関係で、彼女をかなり誤解していたのではないかと疑うようになった。私の知っていた畑中さんは、こんな大声を出したり、こんな乱暴な言葉づかいをする人では決してなかった。読者の中に畑中さんを知る方がいらしたら、この私の一文の中の畑中幸子さんを別人だとお思いになるだろう。それはまったくその通りなのだ。私はジャングルの奥深く入れば入るほど、それまで私の知っていた畑中さんと、まるきり別の人と行を共にしているという思いを深くしていた。

畑中さんと私は、だいたい同い年である。畑中さんの方が六カ月早く生れているのだが、小柄な畑中さんは私よりずっと若く見える。御本人もそれが得意らしくて、ヨリアピに着いてからも集ってくるシシミンをつかまえては彼女と私とどちらが若いと思うかと質問した。文明人のように相手の感情を忖度《そんたく》するような習慣のないシシミンたちは、みんな畑中さんの方が若いと答え、彼女はいよいよ得意になっていた。私たちはもう若いと言われるのが嬉しい年齢なのである。

東京で見る畑中さんは、色白で、小柄で、黙っていて、廿日鼠《はつかねずみ》が近眼鏡をかけて薄らぼんやりしているのに似た風情のある人だった。もっとも、たまにその気になって喋り出すと誰も止めることができない半面はあったが、しかし、礼儀正しくて、義理に厚く、気の毒になるほど四方八方に気を使って、その結果くたびれて、ものを言うのも嫌だという具合になっているような人だったのである。それがまあ、ニューギニアでは、なんという変りようだろう。

「さあ、出発や」

畑中さんが片手を上げると、荷物を肩に担いだり、大きな袋を背にして、額で担いだりしたシシミンたちは、ベースのまわりにある一番大きな山を目ざして小走りに歩き出した。その早いこと、私が山の麓《ふもと》へ行く頃には一人も姿が見えなくなっていた。

「なんて早いの、あの人たち」

「うん。私が二日かかるところを、あの連中は七、八時間で着いてしまうんよ」

「それじゃ、先に行かせたの？」

「途中で待つように言うてある。そやないと私ら道に迷うもんね」

私たちというのは、畑中さんと私、ポリスのオブリシンとテヤテヤ、それから何も持ってないオクサプミンの子供が数人。私はこの連中が何のためについてきているのか不思議だったので、畑中さんに訊くと、

「現金収入の少ないところやからね、私の荷物でも担ぎたいと集ってくるのが仰山《ぎょうさん》いるん

よ。この連中は仕事にあぶれたわけや」

と言う。

「この人たちにも払うわけ?」

「まさか。私は余分なお金は持っていませんよ」

「でも、ずっとついて来るじゃないの」

「あんたが珍しいからやろ。なんの娯楽もない連中やからねえ」

「いやだわ」

「大丈夫、途中で諦めて帰りますよ」

しかし、なかなか諦めないのが一人いた。彼は片手に大きなナイフを持っていて、それで掌《てのひら》をピタピタ叩きながら、畑中さんにすり寄ってはピジンで何か話しかける。

「トク・ギヤマン!」

途中で畑中さんが大声を出し、彼を睨《にら》みつけた。

「どうしたの?」

「ハウスクックに雇うてくれと言うんや。私は一人いるから、もうええと言うとるのに、彼は、テヤテヤはやめると言ったと言うねん」

トクというのは、トークで、話すということ。ギヤマンというのは嘘という意味。だから畑中さんは、つまり嘘つけ! と怒鳴ったわけである。

怒鳴られた相手はちょっと怯《ひる》んだが、しかしまだついてくる。態度がふてぶてしく、面構えがいかにもズル賢そうな男だった。片手に抜身を下げていて、それでときどき立木をバッサリ切ったりするので、私は気味が悪かった。

「あなたはピジンはもう自由自在に話せるのね、畑中さん」

「まあな。簡単な言葉やから、あんたもすぐ覚えてしまうよ。英語とフランス語とスペイン語と中国語とドイツ語と知ってたら、すぐ分る」

それだけの語学の力があれば、なんだって分るだろうと思ったが、まぜっ返すことはできなかった。道は最初から大層急な登り坂で、行けども行けども険しくなるばかりである。いや、道などというものは最初からなかった。オブリシンやテヤテヤには、人の踏んだ痕はすぐ見つかるらしく、カルゴボーイたちの行った道を着実に歩いているらしかったが、私には分らない。だんだん吐く息が荒くなってきて、とても畑中さんと喋ってはいられなくなった。それでも、どうも不思議な気がしてきたので一言だけ訊いた。

「ねえ畑中さん、ジャングルまではどのくらいあるの？」

訊かれた畑中さんはびっくりしたように眼鏡の奥で小さな眼を丸くした。

「あんた、これが、ジャングルやがな」

私たちが登り出した最初からジャングルだったというのである。私は啞然《あぜん》とした。私はジャングルというのは、木がむやみに生えているだけだと思っていたのだ。第一に密林という日本語訳のイメージがある。密なる林に山があるとは思えないではないか。私がそれまでに見たジャングルというのは、ターザンの映画におけるそれで、ターザンもチータも木から木へ飛び移ったりしていたが、激しい坂や岩山をよじ登ったり、滑り落ちたりするところは一つもなかった。

これがジャングルか。私は、あらためて周りを見回した。たしかに木がいっぱい生えている。それが次第に深くなって、もう空が見えない。昼近いはずなのに、まるで暑くないのは日光が木の葉に遮られているからだろう。それでも登りばかりだから結構汗は出ている。私は軍手をはめた手を伸ばしては、目の前の枝につかまり、よいしょッと腕に力を入れて這い上るようになっていた。見たこともない樹木が次第に多くなる。手でつかめそうな頃合いの太さだと思って手を伸ばすと、これが根元からびっしりシャボテンのようにトゲがいっぱいついているので、思わず空《くう》をつかみ、それで重心を失って転ぶと、躰はずるずるッと下へ滑り落ちてしまう。日がささないところへ雨が多いから、山の土はぬるぬるになっているのだ。間もなく私の全身は文字通り泥まみれになっていた。軍手は幾度も泥をつかんで、べとべとになっていた。ターザンもターザンの恋人も殆《ほとん》ど半裸で密林の中を駈《か》けまわっていたが、ちっとも躰はよごれていなかった。映画というのは本当に絵空ごとだなと、私は忌々《いまいま》しかった。ジャングルに山があるなんて、いや、ジャングルがこんなに険しい山だなんて！

「この山だけ、ちょっと高いんやけどね、これ越したら、あとは丘だけやから楽やで。オクサプミンは山の天辺《てっぺん》やけど、ヨリアピはそれから六千フィート低いところにあるんでねえ、行きは言わば下り一方や。この山さえ越せば楽なもんよ」

「じゃあ帰りはどうなるのよ」

「帰りは、きつい。登り一方になるからね」

こういう論理的な返事を聞いても、私は帰りの険しさを今から思いまわす余裕がなかった。小さいときからメートル法に親しんできた私は、オクサプミンとヨリアピの高度の差が六千フィートと聞いても、それだけの道を幾つも山を越して歩くということについて予測が立たなかった。性来の暢気《のんき》もので、いかなる重大事件でも当面するまで事の重大さに気がつかないということが、私のこれまでの僅《わず》かな人生にも再三あった。にもかかわらず、このときも、私はまだ事の重大さに気がついていず、この山さえ越せば、あとは丘で楽なものだという畑中さんの言葉を少しも疑うことを知らなかったのだ。

私のすぐ後に、ライフルを肩にかけたオブリシンが黙ってついてくる。畑中さんは、もう大分前から先へ行ってしまって、テヤテヤも御主人さまと一緒に行ってしまって、だからオブリシンと私の二人だけが殿《しんが》りになって黙々と歩いて、いや這い登っているだけになっていた。胸突き八丁というのは、見たことがないけれど、こういうものかしらん。傾斜は八十度ぐらいの坂で、木と木の間隙四十センチぐらいのところを通りぬけるのに、木の根が蛇のように土の上をのたくり這いまわっていて、気をつけないとすぐ足をすくわれる。細紐のような木の根でもワイヤーのように強靱《きょうじん》で、私の体重が全部かかっても一度も切れたことがなかった。滑って木の根に足をひっかけようものなら、腕や躰がねじくれこんがらがって、起き上るのに一苦労だ。落ちそこなって、木の下草をつかもうとしたら、

「エミ・ノー・グッド」

オブリシンが手に持っていた木の枝で、さっとそれを払った。おかげで転落した私が憤然として何故だと聞いたら、

「エム・カイカイ・ユー」

とオブリシンが答えた。その草がお前を食べるというのである。見れば、なんの変哲もない青紫蘇《じそ》のような草だったが、畑中さんに後できくと、本当に人に喰いつくのだそうで、触った部分が膿《う》みただれるということだった。

私は軍手をはめ、長袖のシャツで、大きな帽子をかぶり、完全武装していたが、畑中さんは小さな帽子で、素手で歩いている。

途中で畑中さんが腰に手を当てて、退屈したような顔をして私を待っていた。脚力の差は歴然たるものがあったが、私は仕方がないと思った。

ニューギニアはいいところだから来いと言い出したのは畑中さんで、私はそれを無邪気に信じてついて来ただけのことなのだから。この人だって、誰に文句も言えないだろう。

「頂上はまだ？」

「その調子では、まだまだやね。ちょっと休んでチョコレート食べよう」

「チョコレートを？」

「山歩きには、これが一番ええんやで。水を飲んだら絶対いかん」

時計を見ると十二時だった。午前八時に出発したのだから、四時間も休みなしに歩き続けたことになる。チョコレートは昼食代わりであるらしかった。カルゴボーイたちは、もうずっと前から、休んで遊んでいたらしく、上ってきた私を見て、口々に何か言った。

「あのミセズは大きいのに、遅いと言うてるよ」

畑中さんが笑いながら教えてくれたが私の自尊心は傷つかなかった。私の日頃を知っている人たちなら、四時間も山道をよく歩けたものだと手を叩いて、口々に偉かった、偉かったと言ってくれるはずだったからである。

畑中さんが私の方を指さしながらカルゴボーイたちに大声で何事か言っていたが、やがて私の休んでいるところへ戻ってきて、

「あんたの手を曳《ひ》く志望者を募ったらな、あのズルいのが志願してきたわ。ハウスクックになりたいと言ってる、あれや」

と言った。

ズルそうな顔つきをしているので、私たちはズルという名で呼ぶことにしていたが、そのズルが私の手を曳くというのだ。ちょっと気味が悪かったが、オブリシンは重いライフルを担いでいるし、あまり遅れても畑中さんに迷惑になるから、それからはずっとズルに手を曳いてもらって登った。右手のナイフで私の通れるように邪魔な枝を払い、足場を作っておいて左手でぐいと引揚げてくれる。その呼吸は巧みで、かなり心を使ってくれていることがわかったので、私は間もなく彼に感謝し、畑中さんからもらったチョコレートを半分やってしまった。こんな親切な人を、かりにもズルなどと呼んだのは悪かったと反省もしていた。

5

「空が明るうなってきた。向うに山のない証拠やで。あそこが頂上よ」

畑中さんが間もなく声をあげた。なるほど、見上げると、それまではただ暗いところだったのに、かすかに木の葉の向うが明るくなっている。私の心は勇み立ったが、脚の方は重くなる一方だった。どうもキャラバンシューズというものは、私のような素人には重すぎるのではないか、そういう気がしてきた。それに左の足の親指がどうも痛い。靴は専門家が選んでくれて、わざわざ厚い靴下をはいて大きさを見たのだから小さい筈はないのだが、どうにも足の爪が痛いのである。

随分長い間、我慢していたが、まだあと二日歩かねばならないことを考えると、早手まわしに靴をかえた方がいいように思われた。数年前からちょっと歩くときに使っている古ぼけた運動靴が、私の荷物の中には入れてあった。

「畑中さん、足の爪が痛いの」

頂上に着いてから、私が言い出すと、

「当然よ！」

畑中さんがはたき返すように答えた。

「私なんか一往復する度に指の爪はがれてるわ。今は三度目のんがはえかわりや」

そんなことを東京で一度でも聞いていれば私はニューギニアに決して出て来はしなかっただろう。しかし、今ここで愚痴をこぼしたからといって、忽然《こつぜん》とジープや道路が目の前に現われてくるわけではないのだ。私はネイティブ（この言葉は、独立を前にしているので使ってはならないという不文律のようなものがニューギニアにいる白人たちの間に生れていた）に担がせていたパトロールボックスを開けてもらって、黙々と靴を脱ぎ、ソックスをはきかえ、編み上げ式の軽い運動靴とはきかえた。

「ああ楽だ、楽だわ。もっと早くかえればよかった」

道はようやく下りになりかかっていた。私は嬉々として駈け降り、たちまち木の根に足をすくわれ、ひっくり返り、三メートルほど墜落した。ズルを先頭とするネイティブ（その土地生れの人と訳せば私だって畑中さんだって紀州ネイティブだから、これからはこの言葉を使わせてもらう。その方が実のところニューギニアの感じが出るので）たちが、ハヤヤッハヤヤッキャヤッキャヤヤッと一斉に奇声をあげて囃《はや》したてた。幸いなことに土が粘土のようになっているので、どこも打たず、私も笑いながら立上ることができた。

「あんた、ニコニコしたらいけませんよ。女の地位《ステイタス》は低いところやからね、すぐなめられますよ。気ィつけて」

畑中さんの厳しい声が飛んできた。

下りは楽だという話だったが、足も腰も疲れていると、下りは重心がとりにくくて、それから幾度私は転げ落ちたか分らない。それでも少しずつ要領を覚えてきて、足で一歩一歩慎重に歩くより、運を天にまかせて眼をつぶって落っこちる方が、よっぽど楽だし早いということが分った。ズルもすぐに私の方針を悟ったらしく、急な坂に来ると手を放し、勝手に滑らせて傍観している。私が木の根にひっかかってバタバタしていても助けにも来なくなってしまった。畑中さんは、それを目ざとく見つけて、

「ズルが働かんようになったね。それで手間賃払《はろ》うたら教育に悪いから、交替させるわ」

と、ちょっと人の好さそうな顔をしたネイティブの荷物をズルに肩替りさせ、人の好さそうなのに私の手を曳かせた。ズルは、ひどく機嫌の悪い顔になって、たちまち先へ駈けて行き、姿が見えなくなってしまった。

ズルと交替したネイティブは忠実この上なく私の手を持ったものの、何故手を持っているのか、なんのために手を曳いているのか、そこのところがまったく分っていないらしくて、登りにきても、ちょっと手をもちあげているだけで、私の躰をひっぱったり、重心を失ったときの支えになったりということができない。畑中さんも気がついて、ミセズを引張るのがお前の任務なのだと言いきかせてくれた。イエスと答えた彼は、それからは言われた通りに引張るのだが、下りにかかっても引張るので、私はその度に転んだり、墜落したり、えらい目にあった。ズルはやっぱり知恵才覚があったなと、しみじみ思った。人間の知恵というものは、まず、ああいう形で発育していくものかしらんと思いながらも、私は遂に大声で、引張るなと叫び、彼は二人のミセズの異った命令の前で、まったく当惑してしまい、また前の通り私と手をつないで、登り坂にかかっても引張らず、下り坂になっても支えず、つまり何の役にも立たなくなってしまった。

「この程度の道は、ネイティブには、なんでもないからね、なんで手を曳かんならんのか、わけが分れへんのやろ。こっちから見てるとオテーテ、ツーナイデみたいだわ。デートというところやね」

畑中さんが笑ったが、私はもうへとへとに疲れていて、笑い返すことができない。靴をはきかえてから足の痛みはずっと楽になっていたが、下り坂といっても間に大木が倒れていて、それを乗り越えるのだって片足でひょいと気軽くというわけにはいかないのである。

直径一メートルぐらいの幹が横倒しになっているのだから、やっぱり全力をあげてよじ登って滑り落ちなければならない。密林の中は陽光がささないので、こういう木は例外なくぶよぶよに腐っていて、キノコがいっぱい生えている。形も色も見たことのない珍しいものばかりだったが、そんなものを観賞する余裕はもちろんなかった。

「キノコは気をつけてよ。喰いつくのがあるからね」

畑中さんが、何度も言った。

ニューギニアのジャングルでは、ハッパもキノコも喰いつくのか。まさかと思って顔をあげると、

「ほんまやで。三月《みつき》前に私は喰いつかれたんやけど、まだ腫れてるんで薬飲んでるん」

と言うことだった。

午後四時過ぎ——。

「あんた偉かったなあ。よう歩いたわ。もうベッド作ってあるからね、休めるわよ」

畑中さんが駈け戻ってきて、激励してくれたが、私は無表情で、黙々として歩き続けた。ベッドの用意ができている地点まで、岩だらけの川岸をそれから三十分も這い上ったり、転げ落ちたりしたのである。

「水のあるところでキャンプせんならんから、ほんまは丘をもう一つ越してから泊りたかったんやけど、あんたの足みてたら、ちょっと気の毒になったんでね」

ジャングルの立木を斧や刀でなぎ倒したあとに、キャンバスをはったベッドを生木《なまき》で作り、屋根もキャンバスで、テントというよりそれはシェルターであった。外はもう暮れているが、覗かれれば何もかも見えるような開放的な小屋である。私は物も言わずに、私の着替えの入っているパトロールボックスをあけて、着替えた。何もかも泥々である。明日の朝の着替えの手間を省くために、シャツとスラックスも新しくし、脱ぎ捨てたものを取上げて、びっくりした。ジーパンのお尻がまるでボロ雑巾のようにビリビリに裂けてしまっていたのである。咄嗟《とっさ》に思ったのは、これは絶対に東京に持って帰ろうということだった。帰って私の話を聞いて、オーバーな表現だと思うような人々に、このスラックスを目の前にぬっと突き出して見せてやらなければならない。難行苦行の大切な証拠の品だ。

さっぱりしたものに着替えると、私はものも言わずベッドに倒れて眼をつぶった。キャンバス一枚をはったベッドなどというものは生れて初めてだったが、そんなことよりも、もう明日の朝まで歩かなくていいのだという現実が、涙が出るほどありがたい。

「御飯よ、起きなさい」

畑中さんが言ったが、私は疲れすぎていて食欲がなかった。

「いらない。食べたくない」

「そんなこと言うたらいかん。食べなさい。明日歩かれへんよ」

叩き起こされて、プラスティックのお皿に山盛りになった御飯に、罐詰の肉をかけたものをフォークで食べたが、何を食べているのか味も何も分らなかった。食後の後片付けを畑中さんはテヤテヤに汲ませた水で洗ったり拭いたりしていたが、私はとても手伝えなかった。悪いと思ったが、体力が違うのだから、仕方がない。私は石のように再びベッドに倒れ、しかし眠れなかった。

薄暗い石油ランプをベッドの角《つの》にぶら下げてから、畑中さんは気の毒そうに、私の顔を覗きこんだ。

「疲れたやろ。えらかった？」

迂闊《うかつ》にも私は、ここで思わず強がりを口走ってしまったのだ。

「お産の方が、ずっと辛かったわよ。あのときは二十時間も苦しんだもの。あれに較べれば、痛くないだけでも楽だったわ」

畑中さんは、驚いたらしかった。彼女は自分のベッドから私のベッドへ移ってきて、その端に腰をおろし、

「ふうん、お産というのは、そんなに大変なものなん？」

と真剣な顔で訊き返してきた。

「大変よ、あれは。経験したものでなければ分らないわ」

「どういうふうに大変なの？　どこが痛むん？　どんな具合に痛むん？　ふうん、それから？」

学究である畑中さんは、旺盛な知識欲を真向から押し立ててきて、私が疲れていることは忘れてしまったらしかった。私はその迫力に負けて、心ならずも悪阻《つわり》から始まり、妊娠中の経過に、出産そのものから産後の後始末に至るまで、微細にわたって喋り続けねばならなかった。気が遠くなるほど躰は疲れているのに、口だけは一人前に喋れるのが恨めしかった。

「ふうん、そうか。えらいものやな」

「そうよ、女の躰って、出産のために作られているんだっていう感動があったわね。生体解剖みたいなものですもの」

「そうか。ほんまに、えらいものやな。ふうん」

私はニューギニアで彼女と一カ月余暮したわけだが、畑中さんが私の話に感心したのは、後にも先にも、このとき限りである。

話の途中から、雨になってきた。高い木の葉を通して落ちてくるせいか土砂降りである。豪雨というのは、これかと思うほど、凄い音になった。

「雨ね」

「うん、ジャングルは、夜の雨が多い。早う泊ってよかったわ」

話はやっとめでたく子供が生れるところまできたので、畑中さんは自分のベッドに戻り、私はスリーピングバッグにもぐりこんだ。

私はお産の話から日本においてきた子供のことを思い出して、たまらなくなっていた。ニューギニアというところは子持ちの女が出かけてくるところではなかったのだ。こんな山奥でもしものことがあったら、私は母親として天下の笑いものになってしまうではないか。ああ浅慮だった。迂闊だった。これから先にどんなものが待ち受けているかしれないけれど、命あっての物種なのだから、私はヨリアピは早々に引揚げることにしよう。

心配と後悔で胸は押しつぶされるようだったが、疲労がどっと押し寄せてきて、間もなく私は深い眠りについた。なんの夢も見なかった。疲労がそれだけひどかったのか、私がまだどこか暢気だったからか、多分その両方のせいだろう。

朝になって、私は激しい雨音に眼をさました。暗かったが、腕時計を見ると八時半だ。出発の予定は八時だったのに、これは眠りすぎたと思って隣の様子を窺《うかが》うと、畑中さんもぐっすり眠っている。

この雨だからな、と私は思った。今日はきっとお休みになるのだろう。この雨の中を歩けるわけがないし、畑中さんだって、あの山を私と同じようにして越えたのだから疲れているのは当然だった。ああよかった。この雨こそ、天の恵みというものだ。私は安心して、スリーピングバッグの中で、もう一度ぐっすりと眠りこけた。

「あんた、いつまで寝てるの。すぐ朝御飯食べんと間に合わんよ！」

畑中さんの声が耳の傍《そば》で炸裂するように聞こえ、私はびっくりして飛び上った。

「凄い雨じゃないの、畑中さん」

「雨に驚くことないやろ」

「この雨の中を歩くっていうの！」

「雨がやむまで寝ていたら、三日も四日も寝てやんならんか知れへんで。ともかく起きなさい。さあ顔を洗って！　世話のやける人やなあ」

　腕時計を見ると、きっちり午前八時だった。さっきは寝呆《ねぼ》けていて針を読み違えたのだろう。畑中さんはもう一時間も前に起きたらしく、寝袋もたたんでいるし、朝食の用意もすっかり整えてくれていた。罐詰のスパゲッティを、一片の食パンの上にかけたのと、ミルク入り紅茶である。

「食べたくないわ、私。もう十年以上も朝食ぬきですもの」

「阿呆言いなさい。食べなんだら歩けませんよ。さあ、フォーク持って。急ぎ！　間に合えへんよ」

「間に合わないなんて、汽車に乗るんじゃあるまいし」

「ネイティブたちの食糧も私らの分も三日分しか持ってないんやからね、四日に延びたらその日は飲まず喰わずやで。あんたがようても、ネイティブらがたまらんがな」

　畑中さんに励まされて、私はその奇妙な朝食を、むりやり喉へ詰めこみ、飲み下した。

6

豪雨の中を歩くのだから、帽子の上からアノラックを着た。傘などという優雅なものが役に立つ場所ではない。

「ええなあ、ステキなアノラックやわ」

「カナダに行ったとき、スキーをするので買ったのよ。一日しか滑らなかったけど」

一九六〇年にアメリカへ留学していたとき、サラローレンスの学生たちとカナダへフィールド・トリップをして、その後でスキーをしに行った。あのときも私は私より十歳も若い学生たちと歩調を合わしにくくて、スキーは一日だけでやめて、あとは宿舎で寝ころんでいたのを思い出した。そんな私が、それから八年後に、こんな山の中を、しかも豪雨をついて歩くなんて！

「黒のスラックスに黒のアノラックか。腕のところの白い刺繡《ししゆう》が豪華やなあ。あんた、昨日もそうやったけど、格好だけは一人前やで。見かけは、ほんまに立派やわ」

畑中さんは、しばらく感嘆してくれたが、入れものだけ褒《ほ》めてもらってるのだから、私が喜ぶわけにはいかない。私は黙って、ネイティブたちの走り去ったあとを歩き出した。

「あんた、なれたんやね、昨日よりずっとテンポが速《はよ》うなってるよ。その調子、その調子」

後から畑中さんがおだててくれたが、間もなく、また私とオブリシンの二人だけが殿《しんが》りになってしまった。運のいいことに雨だけは歩き出して三十分もするとカラリと晴れていた。

最初の山を越せば、あとは丘だけだと畑中さんは言ったが、丘などというものは恋人と手をつないで口笛でも吹きながらのぼるところであって、木の根にすがったり、枝につかまって、死にものぐるいで登るところではない。私に言わせれば、その日もまたジャングルで掩われた険《けわ》しい山を、今度は二つも越えたことになるのだ。ちょっとなだらかなところに出ると、私はしみじみと情けなくなった。いつ振返ってもオブリシンが肩にライフル銃をかついで黙々とついてくる。彼は昨日の朝、オクサプミンを出発するときは確かに靴をはいていたはずだが、今日はその編上靴を紐で縛ってライフルと反対側の肩からぶら下げていた。彼は制服の半ズボンをはき、下は素足だったのである。

彼のライフルは、ジャングルの中で私たちが危機に遭遇したとき、私たちを守るための武器であったが、疲れて気持がだんだん惨めな気持になっている私には、まるでそれに威《い》嚇《かく》されて歩いているような錯覚が起こる。インドネシアの蘭領統治時代に独立運動をしていた人々は捕えられるとニューギニアへ流された。それは今、西イリアンと名前を変えているが、私が歩いている場所から決して遠くはないところだった。彼らもこうやって険しい道を追い立てられて歩いたのだろうか。私は、なんだか私が三十年前のインドネシア独立運動の女流志士のなれの果てのように思えてきた。彼らの多くは流刑地で熱病にとりつかれ、ばたばた死んでいった――インドネシア独立史の凄惨《せいさん》な場面がしきりと思い浮かんでくる。

足がすべると、オブリシンが片手でぐいと私の躰をくいとめてくれた。坂の角度によって、そのとき彼の肩のライフルの銃口が、私の顔にピタッと狙いを定めるときがある。これには、そのつど、肝が冷えた。私はオブリシンに幾度も、このライフルは暴発しないかと念を押したが、どうも私の英語では通じないらしく、大丈夫かと聞いても、「イエス」と答えるし、暴発する危険があるかと聞いても「イエス」と言うので、私の恐怖はますますつのる一方だった。

こういうジャングルは、ベトナムにもあるのだろうな。こういうところを爆撃するんじゃ、アメリカも骨の折れるはずだと思ったりしているうちは、まだ余裕があって、やがて私は自分のまわり三尺四方のことしか考えられないようになってきた。

「わあッ、綺麗《きれい》な蝶々が飛んでるよ。見なさい、有吉さん、蝶類蒐集家《しゅうしゅうか》が見たら、きっと熱狂して追いかけると思うわ。見なさいよ、あんた」

畑中さんがときどき、そんなことを言ってくれるが、私は自分の足下より他のところへ視線がいけば、そのまま眼がまわってしまいそうなので、ついに道中ではふんだんに飛んでいる蝶も鳥も見ずじまいだった。今から考えると、つまり東京の我が家の書斎で考えてみれば惜しいことをしたと思えるのだが、そのときは本当に少しでもエネルギーを消耗させるわけにはいかなかったのである。

二時間か三時間に一度、それも五分だけ畑中さんは休憩させてくれ、そのつどチョコレートを押しつけてくる。

「私、甘いものは嫌いなのよ」

「好き嫌い言うてたら歩けんようになるよ。食べなさい。これほど疲れをとるものはないんやから」

私は板チョコを口の中に押しこんで、なるべく長く坐っていられるように話をさがした。

「日本の兵隊さんも、こんなところを歩いたのかしらん」

「とんでもない。こんな山奥までは来てませんよ」

畑中さんはニべもなく言い捨てて、時計の針を見ると立上った。

「さあ行こう。あとちょっと歩いたら川へ出るよ。ほんなら楽やで」

「また川原を歩くの？」

「いや川の中を歩くんや」

「水がある？」

「当り前でしょう」

あとちょっと、と畑中さんは言ったが、川へ出るまで、それから二時間もかかった。畑中さんの物差はもうニューギニアの寸法になってしまっているのだな、と私は溜息が出た。

川の中を歩くというのは、つまり川があって、こちらの岸から向うの岸へ歩いて渡ることなのだろうと私は理解していたのだが、これも違っていた。川というのは渓流で、幅はせいぜい広いところで三メートルもなかったが、流れが速く、あちこちに岩が頭を突き出している。この川の中を私たちは水につかって、川の流れのままに、つまりタテに歩くことになったのである。道がないし、山が険しすぎるので、川を道がわりにしてそこを歩くというわけなのだ。

「この川、どのくらい長いの？」

「うん、ちょっとや」

畑中さんのちょっとは二時間だな、と私は悲しく判断した。

川の中を歩くといっても、川底が平坦だというわけではない。水から上へ出ている岩は、二、三人かかっても抱えきれない大きなものだが、川の底にも一抱えも二抱えもありそうな岩がごろごろしていて、しかも流れが急だから、それがぐらぐら動いている。その上を足の先で探りながら歩くのだから、決して楽なものではなかった。まあ、よじ登ったり、滑り落ちたりするほど消耗は激しくないが、水は茶色く濁っていて、底はまるで見えないのである。しかも、昨夜来の雨のせいか水が腰まであるのだ。ざぶ、ざぶと歩きながら、大変なところを歩いているなあ、これを知っていたら決して出かけては来なかったのにとしみじみ思っていると、前方で畑中さんが威勢よく振返って叫んだ。

「あんた、ものすごう運がええわ。こんなに水の少ないとき、初めてや。胸までつかるときもあるのに」

私は応じる言葉がなく、黙りこくって歩き続けた。少しずつピジンを覚えてきたので、オブリシンに、この川が終るのはいつごろだと聞くことができた。

彼は、

「ロングタイム・リキリキ」

と答えた。リキリキというのは、リトルのピジンで、つまり、もう少し、もうちょっとという意味である。

覚悟していた二時間が過ぎても、まだ川の中なので、またオブリシンに聞いたら、まだあとロングタイム・リキリキだと同じことを言う。

さらに一時間歩いても、まだ川から岸へ移りそうにない。何度聞いてもオブリシンは、ロングタイム・リキリキだと言う。私は心細くて気が遠くなってきた。

「有吉さん、あんたの歩き方、赤ん坊みたいなやわ、もっと普通に歩かれないの？」

畑中さんが、少し癇《かん》を立てているらしく、こんなことを言い出した。しかし普通に歩けと言われたって、普通の道を歩いているわけではないのだ。赤ん坊と言われようが、馬鹿と言われようが、私がそれで気をとり直して普通に歩けるＴＰＯではない。

「普通に歩きなさいよ、普通に」

畑中さんが、あまり何度も言うので、木石《ぼくせき》ならぬ私は遂に大声で返事をした。

「これでも私は、死にもの狂いで普通に歩いているのよ！」

「そうかあ、それが死にもの狂いなんかあ」

畑中さんはネイティブが振返ったほど大きな声をあげて笑い出した。テヤテヤが彼女の横で、何も分ったはずはないのに、一緒になってキッキッと笑い声を立てた。

川からようやく山の中へ折れたのは、四時間も過ぎてからであった。険しい山と山に囲われて、見上げると空が細く、あたりはもう暮れてきている。気候は夏だから、ずぶ濡れになっているスラックスも下着も躰には応えなかったが、なにぶんにも疲れ過ぎていた。川から山へ入れば、また木の枝にすがってよじ登らなければならない。

「有吉さん、急いで、急いで！」

畑中さんが駈け戻ってきて、

「キャンプは、すぐそこやからね、もうちょっとよ」

と言う。

畑中さんの、もうちょっとは、怖ろしい。まだ二時間歩くのかと思うと私は気絶しそうになった。

「そんなことない。今度は、すぐそこよ。それに急ぎなさいよ。いま、みんなで晩御飯のオカズとってるとこやから。めったに見られへんことよ」

「オカズって、何？」

「ポイズナスっていう大蛇よ」

オクサプミンたちの奇声が聞こえてきた。大蛇を、どうやってとるというのだろう。私がようやく這い上って行くと、いつの間にかオブリシンが先に来ていて、小さな瓶から透明の液体を足許にふりかけ、マッチをすってパッと投げつけた。

それは本当に大蛇だった。胴の太さは直径八センチもあったろうか。オブリシンは蛇の頭にケロシン（石油のことらしい）をぶっかけて火をつけたのだった。火が燃え上ると、蛇はキリキリと胴を空に巻いて、のたうちまわった。ネイティブたちが、奇声をあげる。逃げようとする大蛇を追いかけては、オブリシンが石油を頭にかけ、マッチで火をつける。蛇が少し弱ってきたところを、ネイティブたちは川原から拾ってきた石を投げつけ、投げつけて、つぶしたのか殺したのか動かないようにしてしまった。その石積みの上に、さらに落葉枯葉を掻きあつめてかぶせ、ケロシンをかけて再び火をつける。盛大な焔《ほのお》が燃え上った。私はぼんやりと、何の感動もなくそれを眺めていたが、ふと気がついて聞いた。

「山火事の心配はないの？」

「さあ、ネイティブらは平気でどこでも火を使《つこ》うてるわ。昨夜かて、彼らは夜中火をたいて寝てたんよ」

「まあ、そうだったの？」

「あんた、作家やのに、もうちょっと観察しなさいよ。今夜は彼らのシェルターよう見ておきなさい」

私は作家であるよりも、ただ疲れ果てた一個の肉体であった。私たちのベッドは例によって、斧で切り倒した生木を組んで、テントの中に二つ並んでいた。私は、私のものとも思えないほど感覚を失っている足首を、そっと片足ずつ持ち上げて、濡れている衣類を脱ぎ、乾いたものに着替えてキャンバス・ベッドの上に倒れると、もう起きられなかった。

晩御飯には、さっきの大蛇の蒸し焼きが胴をマサカリで叩き切られ、皮をはがれ、塩をふりかけられて大きなハッパにのり、ネイティブに運ばれてきた。

「あんた東京で、疲れたときはマムシの粉がええと言うてたやろ。食べなさい。この方が効くと思うわ」

去年（一九六七年）、東京で彼女に会ったとき、青い顔をしていたので、確かに私はそう言った。そのときの彼女の返事も覚えている。そんなもの、あんた、ニューギニアへ来たら生《なま》で食べさしてあげるわよ！

これが、それか。私は疲れていて食欲は相変らずなかったのだけれども、あんまり畑中さんがすすめてくれるものだから、畑中さんに対する義理でフォークの先で身をすくいあげ、口に入れた。

「おいしい？　どう、おいしい？」

鶏のササミのような舌ざわりで、煙臭く、味も何も分らなかったが、畑中さんには社交的な挨拶の必要があると思った。

「おいしいわ」

うなずくと、

「へええ、こんなもんが、あんた、おいしいん？　私はよう食べんわ、第一、気味が悪い」

と、さもさも軽蔑したように言うのである。私はベッドの中に倒れて眼を閉じた。

食後の片付け一切は、また畑中さんが一人でやってくれて、それから眠るのかと思ったら、またベッドの中でむっくり起き上って、

「あんた、この先の山の向うでねえ、パトロール中のキャプ（白人）が、こうしてキャンプしている最中に、ネイティブにマサカリで叩き切られてしもうたんよ」

「ええッ」

「枕の下にピストル入れてあったけど、間に合わんかったんやて。首の後ろと、肩と、腰と、ガッガッとやられて、川へ流してしもうたんやな。残っていたのは足首だけやったそうやで」

「いつのことよ、それ」

「ずっと前のことやけどね」

「何年ぐらい前?」

「あれは、去年やったかな」

私は悲鳴を上げた。

「そういうところへ、あなたは私を連れて行くって言うの!」

「そうやがな。そやけど心配せんでええよ。そのキャプは、川を渡るのにカヌーを使うて、それが転覆してネイティブが死んだんで恨まれたらしいん。私はシシミンの恨みを買うことは何もしてへんからね」

しかし二カ月前にやった野豚が原因で、畑中さんのスピリットに当って死んだと言われているシシミンがあるというではないか。キャプの足首だけが残っていたなんて! 私の足は指先はもう痺《しび》れて感覚がなくなり、足首はだるくて、切って捨てたいほど辛かった。だから畑中さんの話は他人事《ひとごと》とは聞けなかった。

なんという話を、ジャングルのまっただ中で聞かせてくれるのだろう。私はもうヨリアピに行く気は失ってしまっていた。「ニューギニアはええとこやで、おいで」という畑中さんの一言で誘い出されはしたものの、私には冒険の趣味も探検の意志もまったくないのだ。この年まで長らえてきて、小説だけしかできない仕事だと、ようやく本腰を入れている最中に、私はまあ何を間違えて、こんなとんでもないところに来てしまったのだろう。

引返すことを何度も考えた。しかしオクサプミンに戻るのには、また二日も歩かなければならないのだ。ヨリアピには、ともかく明日のうちには着ける。私は、ここでも僅かな苦労の違いを読みくらべて、いちばん簡単で楽な道を選んだ。やはりヨリアピへ行くより仕方がない。ともかく、ここまで来てしまったのだから。

7

三日目の朝、私は起きあがれなかった。足はもちろん、首も肩も背中も腰も、全身ことごとく痛くて、疼《うず》く。唸《うな》りながらベッドの中でもがいていたら、

「大げさやねえ。痛いはずありませんよ。起きなさい！」

畑中さんが片手で私の腕をつかみ、ひきずり起こした。

何度も愚痴をこぼすようだが、私がニューギニアに出てきたのは、ほんの物見遊山《ものみゆさん》のつもりだったのだから、畑中さんにしごいてもらうことなど毛頭考えていなかった。痛いはずがないと畑中さんは言うけれども、痛いのは畑中さんではなく私の躰なのだから、そんなはずがないと言われる筋はないのである。しかし、ここでウダウダ言っていられなかった。私はすでに、口をきくのも億劫になっていた。

「今日は楽ですよ。なんせ二日の道を三日に分けたんやからね。難所はみんな越えてるし、楽ですよ」

畑中さんにとって楽なところが、私には決して楽ではないということは、一昨日と昨日の経験で分っているから、私はこの彼女の心温い励ましに対しても応じなかった。私の心の中でわずかに残っていた意志と判断力は、今日も歩かねばならないのだという、ただこの一事だけであった。

しかし歩き出すと不思議なもので、右の次には左の足が出る。習慣というものは恐ろしい。

「あんた、ほんまに慣れたねえ。この分やったら九日でも歩けたのに、惜しいことした。ヨリアピに着いたらパトロールに一緒に出かけよう。オム川をさかのぼるん、凄いよォ」

畑中さんが後から勝手なことを言っている。九日もこんな山の中を歩くくらいなら死んだ方がましだ。オム川をさかのぼったって、私の小説がうまくなるわけじゃなし、誰が行くものかと思いながら、黙って歩く。木の根がはびこって、細いのも太いのもからみあっている。榕樹《ようじゅ》（フロマージュ）が目立つ。アンコールワットの遺跡を見てまわったとき、この木が大きな石の城一つを突きくずし、持ちあげ、押しつぶし、まるで樹木がお城を食べ荒しているようなのが、そのまま残っていた。それを思い出した。同じ樹がインドネシアのボゴール植物園にもあった。それが、このニューギニアの密林にも群生している。榕樹を見るたびに、密林の実力者に出会ったような気がする。しかし、そのつど、のんびりと感慨に耽《ふけ》っていることは許されなかった。

この日、私は幾度も畑中さんにねだって、チョコレートをむさぼるようによく食べた。甘いものは嫌いだったのに、よくよく消耗したせいで、肉体が欲しているのだった。畑中さんも驚いたらしい。

昼近くなって、畑中さんは休憩のとき、私とチョコレートをもぐもぐやりながら、

「あんたよう頑張ったわ。もう、あとはほんまに楽よ。この丘越えたら、じきオム川やからね。ほな、そこがヨリアピや」

私はちょっと懐疑的に畑中さんの顔を見てから、あらためて行手を眺めた。断崖絶壁が眼の前に立ちはだかっている。

「これが丘だって言うの？」

丘というのは、せいぜい花の咲く灌木《かんぼく》程度が生えていて、男の子と女の子が手をつないで口笛でも吹きながら気軽に駆け登れるようなものを言うのだ。畑中さんはニューギニアに来て、日本語が少しおかしくなっているのではないか。

「ほやけど、山というたら、これよりずっと高いで。これは五〇〇〇フィートないと思うよ」

それでも富士山の半分もある山ではないか！

が、文句を言う場合ではなかった。山は現実にあるのであって、その前で高い低いと争いあうのは無駄というものだ。私ははずしていた軍手をはめようとして、自分の手の甲に

数匹の山蛭が吸いついているのに気がついた。普通だったら悲鳴をあげるところだが、もうその元気がない。私は黙って、一匹ずつ吸いついている口の辺りを爪ではさんでとっていった。皮膚の上に、小さな赤い斑点が残ったが、別に痛くも痒くもなかった。そういう私を、もう畑中さんも言うべき言葉を失ったのか、黙って見ていた。

畑中さんのいう丘は、実に険しかった。腕を伸ばして木をつかみ、力を入れて這い上がる。ときどきつかんだ木が、外観は逞しいものだったのに立ち腐れのギヤマン・トリーで、つかむと私の躰と一緒にずるずるっと落ちる。ギヤマン・ストーンというのもあって、足をかけると石と共に落っこちることがある。その怖いことと言ったらない。

ネイティブたちが見かねて道を作る気になったらしく、通るときに片手に持ったマサカリやナタで立木を倒して行く。おかげで視界は少しひらけたが、道の両側には白く鋭い切先を見せた槍《やり》ぶすまのようなものが並んだ結果になり、ふらふら歩いている私は蒼くなった。木の根や蔓草《つるくさ》に足をとられて倒れるとき、まかり間違ってその切先が私の喉へ当ったら、それきり一巻の終りになるのではないか。オブリシンは相変らず、私の背後に従っていて、私が滑り落ちるのを、ときどき喰いとめてくれるが、そのつどライフルの銃口がピタリと私に狙いをつける。怖い、怖い。ここまで苦労してきて、最後の段階でライフルの暴発で死んだりしたら、まるで間尺にあわないではないか。

私がよろりよろりと病人のように歩いていくのを、畑中さんは黙って見守っていたが、もう叱咤《しつた》激励しても駄目だと悟ったのか、カルゴボーイたちを急がせてヨリアピへ走らせてしまった。シシミン族たちに迎えに来させるようにと言いつけているのを私は聞きとめていた。畑中さん、テヤテヤ、私、オブリシンのまた四人だけになった。

「このキノコやで、有吉さん、気ィつけなさいよ。喰いつくから」

それはディズニーの漫画映画で森の中に出てくるキノコのように可愛いピンクの傘をかぶったキノコだった。とても喰いつくとは思えなかったが、言われるままに私は避けて通った。

「この赤蟻《あかあり》よ、嚙まれたら死にたくなるほど痛痒《いたがゆ》いん。気ィつけて」

体長一・五センチほどの太った蟻だった。赤茶色の紐のように列を作って土の上を歩いている。私はそこへ踏みこまないように、一生懸命、注意して進んだ。

「ほら、空が明るなってきた。もうじきよ有吉さん、元気出して」

畑中さんが手をとってくれた。ああ、見上げれば彼女の言う通り、ジャングルの繁みの向うが仄《ほの》明るい。頂上に近いのだと分ったが、それで改めて力が出るには、私は疲れすぎていた。しかし私は畑中さんの言葉を信じこんで、ここさえ越えれば後は楽なのだ、ヨリアピは近いのだと、死にもの狂いで畑中さんの手にすがって這い上がっていった。

ここが頂上と思えるところで、私は畑中さんの手を放し、大きく呼吸をしようとしたとき、

「あ、違《ちご》うた。もう一つあったわ」

と畑中さんが言ったのである。

見れば行く手に、この山と同じくらい高く険しい山が一つ、まだ立ちはだかっているではないか。私は目の前にまっ黒な雲がかかったと思った。そのまま気絶していたのである。

気がつくと、私は同じ山の頂上にいた。畑中さんとテヤテヤの姿が見えない。オブリシンが、寝ている私のすぐ傍に腰をおろして、ライフルを膝にのせ、焼芋を食べていた。なんという暢気なポリスがいたものだろう。私は四肢が死んだようになっているので、寝たままの姿勢で、ミセズはどうしたかと彼に聞いた。

「ミセズ・ゴー・ヨリアピ」

帰ってくるのかと訊いてもイエス、帰って来ないかと訊いてもイエス、ここからヨリアピまでどのくらいの距離かと聞くと、相変らず、

「ロングタイム・リキリキ」

だという。さっぱり要領を得ない。下から見上げると、オブリシンの鼻の先には大きな穴があいていた。ついこの間まで、牙か骨をそこにさしていたのだろう。それがライフルを持って私の傍にいるのだ。私は安心していいのか悪いのか、そういうことさえ分らない。

ともかく躰が動かないので、眼はあいたものの私も度胸をきめなければならなかった。もう一つ山を越せばともかくヨリアピであることは間違いないらしいのだ。まだ正午にな

ったばかりだから、その気にさえなれば今夜中にはヨリアピに着くことができるだろう。私は当分その気になりそうになく、再び眼を閉じた。オブリシンは温和《おとな》しくて、起きろともなんとも言わないのである。

下の方の繁みで、がさがさと音がしたので薄眼をあけると、物凄いネイティブが現われた。

「エミ、シシミン」

オブリシンが説明してくれた。私が寝たまま手を伸ばすと、相手は私の手を握って、

「フィナーニ」

と言った。

鼻の先の穴から三本の小さなまっ黒い角が突き出ている。額に三重のビーズ玉が飾ってある。髪の毛は束ねて、麻の袋のようなものを立て、そこに鳥の羽が突きさしてある。眼が大きく、全身が精悍《せいかん》な感じがした。怖かったのは片手に弓矢をつかんでいたことで、しかし彼は私に危害を与える様子はなく、じっと私を眺めてから、すぐ身をひるがえして見えなくなってしまった。

それから二十分もして、今度、下の繁みから飛び出してきたのは、ライフルを手にした大男だった。素足だが、シャツとズボンを着ている。これがヨリアピ駐在の、もう一人のポリスだなと私は気がついた。寝たまままた手を伸ばして握手をする。ポリスは自分の名

はバガノだと名乗り、よくピジンを話すので、私は挨拶代りに、

「ミー・バーガラップ（私はこわれた）」

と言うと、相手は重々しくうなずいて、

「イエス・ユー・バーガラップ」

と言った。

彼は、しばらくオブリシンと早口で何か話合っていたが、私に向うと、実に紳士的な態度で、オンブして差上げましょうかと申出てくれた。彼のライフルを、オブリシンがもう一つの肩にかついだ。二梃《ちょう》のライフルの筒先が、バガノの背中にいる私を狙っているので私が怖いと言うと、バガノは安全装置がついているから大丈夫だと答え、それでも怖いと駄々をこねると、笑いながらオブリシンに銃口を下にして肩にかけさせた。

それからのバガノは、まったく素晴らしかった。あの険しい山坂を、彼は私を背負って飛ぶように走ったのである。いつ彼の足がギヤマン・ストーンにかかって、二人もろともまっさかさまに谷に落ちるか分らないと思い、私は彼の大きな背中に、小さくなってへばりついていた。しかし、正直に言って、かつて私にとって男がこれほど頼もしく思えたことはなかった。

一時間以上も、バガノは休みなく走ってから、次の山の頂上近くで、私を土の上におろした。彼の顔からは汗が噴き出て滝のように額から頬へ流れていた。さすがのバガノも息

を切らしている。それでも彼は胸をはっていて、間もなくシシミンがやってくるから、それまで休憩しましょうと言った。二梃のライフルをかついでいるオブリシンの方が、バガノよりずっとくたびれたような顔をしていた。

バガノに畑中さんはどうしたかと聞くと、もうヨリアピに着いていると答えた。あのミセズは強いねえと言うと、まったくその通りだとうなずいた。迷惑をかけてすまないと謝ると、オーライ、オーライ、普通の女なら、あなたぐらいのもので、ナンバーワン・ミセズは特別なのだと慰めてくれた。それからは私も畑中さんのことを、ナンバーワン・ミセズと呼ぶことにした。

そこへシシミン族たちが十数人、手に手に弓矢を持って現われた。オクサプミンで見たネイティブたちとは、顔つきも躰つきもまるで違う。首に竹と貝のネックレスを巻きつけている者、鼻に野豚の牙をさしている者、ビーズ玉を頭にも首にも飾っている者。彼らがポリスやオクサプミンとはっきり違うのは、誰もズボンやパンツをはいていないことであった。草を腰蓑《こしみの》のようにしているか、さまざまな形の瓢箪を前にはめているのである。二の腕や腰に籐の編んだものを巻きつけている者もいる。

バガノは集ってきたシシミンたちに、何事か大声で命令した。すると、一人の黒いシャツにオレンジ色の縁取りをしたのを着ていた男が（後でそれが通訳の制服だと分ったが）、続いて叫び、次の瞬間シシミンたちは奇声をあげて八方に散った。

「ベッドを作って差上げます。それで、あなたをヨリアピまでお運びします」

バガノが丁寧に言い、私は優雅に礼をのべた。もう腰が抜けたようになってしまっていて、起きることも動くこともできなかったからである。

それからのシシミンたちの働きぶりはめざましかった。ものの五分とたたないうちに、二本の手ごろの木が切って運ばれてきて、その間に私を寝かせると蔓草を器用に巻きつけて、私を縛りつけ、つまり仕留めた野豚をかつぐのと同じ要領で、彼らは私をかつぎあげたのである。バガノが私に、具合はどうかと聞いたので、ベリーグッドだと答えたら、彼は一声、雄叫《おたけ》びをあげた。シシミンたちが、一斉に和した。

アイヤッ、アイヤッ、アイヤッ、アイヤッ……。

この調子も声の高さも、活字では読者に伝えられないので残念である。それはまさしく奇声であり、音頭であり、獲物を得たときの喜びの声であった。私は仰向いた形でかつぎあげられていて、彼らの顔は見えなかったが、このまま彼らの集落で丸焼きにされるのであったとしても、自分で歩くよりはずっとましだと思っていた。

すぐ顔の上を、熱帯樹の枝が葉が、飛ぶように過ぎて行く。バガノに負《お》ぶわれていたときより更に速いスピードで、たちまち山を越え、坂を下った。やがてジャングルを出たのであろう。私の顔の上には、青い青い大空があった。その色の、なんと美しかったことだろう！

＊三二ページ。「ピジン英語」はニューギニアで成立した、英語を土台とする混成言語。
＊五六ページ。カルステンツ山（現・ジャヤ山）は現在では標高四八八四メートルとされています。
（編集部注）

遥か太平洋上に　父島《ちちじま》

波照間《はてるま》や与那国《よなぐに》まで飛行機が飛んでいるという世の中に、東京都に属する小笠原《おがさわら》諸島が、船でしかいけないとは想像できなかった。港区にある小笠原海運の本社に出かけて乗船券を手に入れる段になって片道が二十九時間もかかると聞くと、私は茫然《ぼうぜん》としてしまった。

「あのォ、二十六時間と聞いてきましたが」

「はい、船はそれだけの速度は持っているのですが省エネでして、近頃は三時間余分にかかるのです。東京を出帆するのが午前十時、父島の二見《ふたみ》港に入るのが翌日の午後三時になります」

前稿*から七月十三日に父島へ向けて出発するまで、イランの人質事件はもう八カ月を経過していた。アメリカでは共和党のタカ派レーガン候補がカーター大統領の無為無策を非難して人気上昇中であり、民主党も十一月の大統領選挙に負けるものかと党内一本化に精力を傾けている。世界も日本も多事多端《たじたたん》だった。日本は衆参両院ダブルという前例のない選挙に突入するや、思いがけない大平総理の急逝があり、結果は自民党の圧勝、公明党と共産党が無惨な敗北を喫していた。大平さんの葬儀にはカーター大統領も、中国の華国鋒《かこくほう》主席も参列し、空前の国際的大行事になった。

オリムピックをボイコットされたソ連からは政府高官は来ず、駐日ソ連大使だけが出席したが、紅一点にマルコス大統領夫人も交えて五十五カ国の代表が集り、オリムピックと大平さんの葬儀は国際情勢を色分けするようだった。

そんなことを考えながら「おがさわら丸」の特等室の客になった。三千五百四十トンの船内は冷房完備で、レストランもスナックも、テレビを置いたサロンもあり、多いときは千人の客を収容できるというが、私は、シーズン前でその三分の一ぐらいの乗船客の一人であった。私は優雅な部屋の中でテレビを見ていたが、午後七時に船が八丈島の沖を通過すると画面には何も映らなくなった。船中で読書というのは出来ない。エンジンの振動と海流のうねりという二つのリズムが別々なので、ロックとクラシックを同時に聞いているように落着かないからである。

船旅には強いという私の自信もぐらつき出した。戦前外国で暮したが往復は一万五千トンクラスの船だったから、甲板にはデッキチェアが置かれていて、たとえばジョギングだってやろうと思えば出来たが、三千五百四十トンではそんな余裕がない。それでも若い乗船客たちは男女ともショートパンツにTシャツ姿で小さな甲板に並んで肌を焼いていた。

この日は暑く、太陽光線も強かったが、あいにく私はショートパンツの用意がなかった。沖縄で冷夏を知り、用心してきたのである。おかげで冷房の室内では、薄いカーディガンを着て過すことが出来た。

船員さんに、

「二十九時間は長いですねえ」

と話しかけると、意外な顔をされた。

「この船が就航したのは去年からですが島の人たちには喜ばれているんですよ。それまでは四十時間以上かかってましたし、もう一つ前には五十六時間かかったんです。去年から観光客も倍になったといって、小笠原島では大喜びなんですよ」

小笠原諸島の人口は約二千名。観光客の数は昭和五十三年で約一万人、それが「おがさわら丸」就航によって一挙に二万人になったのだという。

そう聞いて、絶句してしまったが、カーターや華国鋒だって日本で米中会談をしようという目的があったにせよ、世界各国の首脳がジェット機で東京へ飛んで来るという時代に、東京都下にある小笠原諸島に飛行機が飛ばず、人々は片道二十九時間の船が出来たのを喜んでいるというのは、離島としての状況の厳しさを感じないではいられない。ともかく麻雀でもしない限り、私は明日の午後三時までの時間をもて余して七転八倒しそうだった。

仕方なく地図をひろげる。東京から千キロメートル南下したところに小笠原諸島があるのだが、最初にあるのが聟《むこ》島列島と父島列島、それから更に五十キロメートル南に母島列島がある。そのずっと南に北硫黄《いおう》島、硫黄島、南硫黄島という火山列島がある。太平洋戦争末期の、硫黄島玉砕というのは私の記憶に生々しいが、あの硫黄島である。

ぼんやり地図を眺めていると、聟島、嫁島、孫島、弟島、兄島、父島、それから母島の南には姉島、妹島、姪《めい》島と、島名が親族でかためられているのに気がつき、面白かった。それにしても小笠原諸島は遥か南にある沖ノ鳥島という無人島も含めると三十余島あるというのにも驚かされた。もちろん主島は父島で、人口もここへ集中して約千五百、母島が五百ということになっている。

この島めぐりを企画した段階では、どこへ行くのも船だという覚悟はしていたのだが、どんな離島もプロペラ機であれ飛行機で行けることを知って私は呆気《あっけ》にとられ、やがてそれが当り前と思うようになっていたのだ。世界のどんな国にもジェットで飛んでいるせいもあって、この船旅は私の骨身にこたえた。小笠原諸島の遠さをも思った。ここが東京都で、衆院選では東京二区だなんて！

二十九時間の船旅で、私は閉所恐怖症に似た精神状態になり、このくらいの時間かければ世界一周が出来るじゃないかと、それればかり思い続けた。翌日午後三時に父島の二見港に着き、小さなホテルに落着くと、すぐ支庁に行き、業務課長さんや水産係長さんに会って資料を頂く。みんな僻地《へきち》に特有の反応を示し、親切に私の要求にこたえて下さった。地の理も知りたいし、丸一日以上の運動不足を補うために、夕食後、宿からジョギングして二見港の近所を駈けまわって汗を流した。漁協も、水産センターも、支庁も、歩いて行ける範囲であることを確認し、水産センターの傍を帰りがけに覗くと、青海亀《アオウミガメ》の出産が近いというので所長さんたちが真夜中まで待機の姿勢でいるところだった。カメのお産にぶつかるなんて運のいいことだと思い、私も仲間に入れて頂いて真夜中までお喋りする。倉田先生という生涯をアオウミガメに捧げている方のお話が最高に面白かった。この水産センターの特徴はアオウミガメの養殖にあり、倉田さんがその権威であることが分ったのである。何の話を始めても、カメと結びついてしまう。

「ヨーロッパの人々が海外雄飛をめざして航海しているとき、乗船者の食物として、最も便利に手に入れることの出来る動物蛋白《たんぱく》源というのはアオウミガメだったのです。カメは牛や羊と違って、船の中に積んでおいても、声を出さない、餌をやらなくても死ぬわけではない。油も肉も美味でした。今だって、アオウミガメはスープにしても、ステーキにしても旨《うま》いものですよ。サシミなど最高です。あなたが御存知なかったとは残念ですな」

「スッポンなら、かなりのこと知ってるんですけど、あれは淡水に棲《す》む爬虫《はちゅう》類でしょう。フランス料理にはスッポンのスープがありますが」

「そう、フランスではね。ドイツがアオウミガメのスープを使ってます。栄養があって味がいいので、罐詰が日本にも輸入されてますよ」

「あのォ、浦島太郎が乗ったのは、アオウミガメでしょうか」

「いや、あれはアカウミガメです。あれは雑食で、獰猛《どうもう》な顔つきをしています。アオウミガメは草食ですから、見てごらんなさい、仏さまのようにいい顔ですよ」

私は浦島太郎のフォークロアの世界伝播《でんぱ》地図について知識があり、アカウミガメの棲息《せいそく》分布と必ずしも一致しないのを知っていたが、異を唱える気にはなれなかった。何より、アオウミガメの顔が仏さまのようだと言う倉田さんの信念に圧倒されたからである。東京にアオウミガメのステーキを食べさせてくれるレストランが何軒かあるのを知り、帰ったら必ず出かけてコロンブスと同じ気分で乾杯しようと思った。

しかし、これまで私が出かけた日本の島の中で、小笠原諸島ほど特異な歴史を持っている島はなかった。それをまず書いておくべきだろう。

文禄二年（一五九三）小笠原貞頼が発見したのが島名の由来になっていると、享保十二年（一七二七）に「巽《たつみ》無人島記」に記されているのだが、信濃松本の城主小笠原家の系譜に貞頼の名がないので今では伝説だとされているらしい。ともかく明治に入って小笠原諸島と命名されたのが今日に到っていることは間違いない。

古代の土器など出ているので、太古には人が住んでいたことが分るが、中世、近世を通して、この島はずっと無人島であった。林子平《はやししへい》が天明五年（一七八五）に書いた「三国通覧図説」に、小笠原諸島について触れているのは有名だが、徳川幕府はすでに延宝三年

（一六七五）五百石積の唐形船で役人たち三十二名を巡検に送り出している。一行は伊豆下田を出港して二十五日かかって小笠原に着き、約一カ月かかって島々を巡察し、天照大神宮、八幡大菩薩、春日大明神を勧請《かんじょう》し、その社に大日本の内と大書した杭《くい》を建て、鶏五羽など放って下田に帰った。

その後、幕府は再度の巡検を考えたが実行に到らず、漁民の漂流だけが十件ほど記録されている。その頃の小笠原が無人島であったことは間違いない。寛文（一六六一）年間から元文（一七四〇）年間までの日本人の漂流者で死んだ人たちの冥福の碑があったとかいうことが明治九年十一月に発行された「小笠原島新誌」にあるのも興味があった。この本は古本屋で探したが手に入らず、東京港のすぐ傍にある「東京都公文書館」へ行って読ましてもらった。

「沖縄島誌」でさえ復刻版が出ているのに、小笠原に関するものは出ていない。返還運動団体が出版していた「小笠原諸島概史」は小笠原協会でわけて頂いたし、昭和四年に東京府が発行した「小笠原島総覧」は神田の古書専門店で買うことが出来た。全部に目を通したが、和紙に活版刷りした漢語だらけの「小笠原島新誌」が私には一番面白かった。他の書物がこの本から孫びきして書いていることは明らかであるし、明治政府がこの島について緊迫した気持で、その歴史を書いているのも迫力があったからである。

ともあれ、この島々が日本にとって深刻なものになるのは、世界各国の航海術が進歩し、七つの海を西欧諸国の船舶が海外雄飛の夢と世界制覇の野望を秘めて往き交うようになって以来である。

文政六年（一八二三）アメリカの捕鯨船が母島に錨《いかり》を降し、船長の名をつけてコッフィン島と命名したのが外国人では最初の足跡であった。

二年後、イギリスの捕鯨船が父島の二見港に入った。次いで文政十年（一八二七）イギリス政府から派遣された測量船が来て、島々にそれぞれイギリス式の名をつけ、国旗を掲げ、次の記文を彫った銅版を父島に置いた。「ブロッサム船長E・ビーチユー、イギリス国王ジョージ四世に代りてこの群島を領す。一八二七年」

日本は第十一代将軍、徳川家斉《いえなり》の治世であった。徳川幕府は、まだこういう事実は知らなかった。次々の大事件は、家斉が大奥で多くの女たちに囲まれて暮している時期に起ったのだ。

文政十一年（一八二八）ロシアの軍艦が父島に来て、ロシアの領土であることを記した銅版を島に生えている樹にはりつけて帰った。

すでに前からスペイン、ポルトガル、オランダなどの船は、この島の存在を知っていたらしい。アオウミガメの棲息地でもあったし、真水をとるのに航海の途中で下船していたのでもあろう。何しろ広い広い太平洋の真只中《まつただなか》にある群島なのだ。

天保元年（一八三〇）イタリア人ジョン・マザロが率いる白人たち（アメリカ人ナサニ

エル・セイヴォリとアーデン・チャッピン、イギリス人リチャード・ミルチャムプ、スペイン人リチャード・ジョンソン）がサンドウィッチ諸島（今のハワイ）のカナカ*男女二十数名を伴って父島二見港に上陸した。長い間無人島であった島に近世こうして最初の居住者が入ったのである。彼らは明らかに開拓民であった。

当時の船乗りが荒くれ男たちであったことは嘉永二年（一八四九）、イギリスやデンマークの船が来て、島に国旗を掲げ、数日碇泊《ていはく》してナサニエル・セイヴォリの家を襲い、妻や金銭を掠《かす》め取って出帆したなどという事件があっただけでも窺い知れる。

嘉永六年（一八五三）にペリー提督が島に碇泊したときは、マザロ、チャッピン、ジョンソンは死亡していて、ミルチャムプはグアム島へ移っていたので、島に生存していたのはナサニエル・セイヴォリだけであったが、他の白人たちはカナカの女性と結婚し、子供は多く生れていたし、ペリーが来るまでの二十三年間に三人のアメリカ人と同数のイギリス人、さらにポルトガル人が一人と、白人が捕鯨船などから下船して島に住みつき、父島には三十一人の居住民がいたとペリーの日記には記されている。彼らは畑を耕し、豚や山《や》羊《ぎ》などの家畜を飼い、当時最高潮にあった欧米の捕鯨船の寄港に際して、水や食糧を供給していた。アオウミガメは一頭で二ドル、その油脂は一バーレル十ドルから二十ドルという値段で売っていた。カメの油脂は食用の他にランプにも使っていた。

ペリー提督は最初の開拓民であるナサニエル・セイヴォリから、五十ドルで土地を購入した。

ところがペリー提督が父島の土地を購入したことが、イギリスを強く刺戟《しげき》した。翌一八五四年、ペリーが香港に寄港したとき香港駐在イギリス主席貿易監督官ボンハム卿は、ペリーに面会し、イギリス外務大臣命令として、小笠原諸島はすでにイギリス政府によって領有されていること、一般にもそう理解されていることを伝え、ペリーの釈明を求めた。

ハワイ駐在イギリス領事からの報告に基いて、その主張をしたものだが、その要点は①一八二五年イギリス捕鯨船が発見し、一八二七年イギリス軍艦ブロッサム号によって正式に占領された。②最初の白人移住者マザロおよびミルチャムプは、当時のハワイ駐在イギリス領事の勧めによって島に上陸し、イギリス領事から渡されたイギリス国旗を掲げた。③一八四二年、ハワイに帰ったマザロに対し、イギリス領事が小笠原諸島をイギリスの植民地とするために遠征した一団の最初の指揮者の一人であることを証明し、イギリス王室が任命する役人が島に着くまでマザロを支配者として戴《いただ》くことを勧めたなど、文書にしてペリーに手渡したのだ。

これに対し、ペリーもまた同年十二月付のボンハム宛ての書翰《しょかん》で「かの群島の最初の発見者は、イギリス人ではなくむしろ日本人であると認められる数々の証拠がある」と反論し、「大英帝国政府が他に先んじて発見したという事実で主権を要求することが出来ないことは明らかである」と述べ、②に対して、最初の白人五名のうち二名は米国生れで、しかも現在、島に残っているのはアメリカ人のナサニエル・セイヴォリだけであると書き「植民がいかなる国民に属するかによって支配権を決定するなら、前記五人のうちイギリス人はリチャード・ミルチャムプ一人だけであって、マザロはイタリア人、もう一人はスペイン人であるから、各異なる王室に属する臣民はアメリカ人の他に三人もいる」と反駁《はんばく》した。

ペリーが父島に土地を購入したのは「厳密に私的なもの」で、かつ太平洋出漁の捕鯨船および、やがて実現されるであろう太平洋横断定期航路の中継地とするためだと説明し、結論として「これらの島々の帰属は、アメリカとかイギリスとかの一国の支配に属すべきでなく、太平洋を航行する船舶の避難所あるいは休養地として、あらゆる国の国民が親切に受入れられるべきであって、領有権など重要な問題ではない」と回答した。

ボンハム卿およびイギリス政府は、これに対して再び反論を加えなかった。東欧ではトルコとロシアが火を噴いてクリミア戦争を開始していたし、翌年にはイギリスもフランスもトルコを応援してロシアに宣戦布告をするからである。

一方、ペリーの方はイギリスへの回答とは正反対の行動を取っていた。アメリカの軍艦プリマス号に命じて「この南方諸島は海軍提督ペリーの命により、ジョン・ケルリ船長が北アメリカ合衆国のために巡見し、これを領す」と刻した銅版を島に残させたのである。

ペリーは合衆国政府に、これらを報告し、すみやかにアメリカがこの島々を占拠すべきであると意見を述べたが、おそらく南部人の役人の手で握りつぶされてしまったのではないだろうか。一八五二年ストウ夫人の「アンクルトムス・ケビン」が出版され、アメリカには間もなく南北戦争が始まるのだ。北米人《ヤンキー》に対する南部人の敵意はむき出しになっていたはずで、捕鯨業者もペリーもヤンキーであるところから保守的な南部人は感情的にも彼らを理解しようとしなかった。

ペリーは、やむなく自分の航海日記を基にして、小笠原諸島の詳細も含めて記録を出版した。これを読んで日本の徳川幕府は、初めて小笠原が外国人に占拠されていることを知った。文久元年（一八六一）である。首脳部は仰天して、その年の内に、外国奉行や目付を巡検使として派遣した。一行はかの有名な咸臨丸《かんりんまる》に乗って出帆し、二カ月半の滞在中、父島母島に住みついていた欧米系居住民を招集し、この島々が日本領土であることを説き、徳川幕府の命に服することを誓言させ、その代り彼らの財産は保護すると約束した。

幕府はこの件につき、日本に在留していた英米の公使に通告しておいたが、イギリス公使は本国からの連絡を待って、翌年の三月、幕府に対して書簡を寄せた。「同群島は日本人の発見であるとしても、日本が長く放置していたため、アメリカ、イギリス、ロシア等の国民が現在では居住しているから、一国あるいは一国民の所有とは認め難い」というものであって、イギリスがペリーに対して言ったこととはまるで違っていて、むしろペリーの反論と似た内容に変っている。

徳川幕府は巡検使一行の報告を仔細《しさい》に検討してから、イギリス公使にやはり書簡で返事をした。「同島居住の欧米人は、余儀なく下船したとか、自己の一存で来島したもので、国命を奉じて渡来したものではない」

日本側はその年、八丈島から三十八名の島民を移住させ、前年から残っていた六名の幕僚の指揮のもとに、法律を作り、測量して地図を作成し、扇カ浦に仮役所を建築したのだ。しかし長く鎖国していた日本は、この時期内外の情勢ともに厳しく幕藩体制の危機に直面していた。八丈島の移民たちは、幕命によってたった十カ月で引揚げることになり、役人たちも江戸に帰った。島は再び欧米系移民とカナカ系およびその混血児たちだけが住民となってしまう。

したがって島の領有権についてはアメリカのハリス公使はもちろん、イギリス公使もこれを追及することなく、やがて明治維新を迎えた。

小笠原諸島の領有権について、論議が再開されるのは明治六年（一八七三）である。面白いことに、その年、島では島人自らの憲法を作成していた。ピール島（と彼らは父島と母島を主島とする群島をそう呼んでいた）移住民たちは、ナサニエル・セイヴォリを長官とし、G・マトレ、T・ウェッブの二人を議官として、移住民たちの法律を定めた。これにサインしたものは他に、ギリー、ジョン・ブラバ、カレン、ジョージ・ブラバ、ホルトンの五人であった。

明治八年十一月、日本政府は天皇陛下の命によって島情探査を行う。汽船明治丸は横浜を出て三日後に父島二見港に着いた。二日後には在日イギリス領事を乗せたイギリスの軍艦も到着する。イギリスはすでに、島が日本に帰属することに異議がないと態度を変えていた。アメリカ領土になるよりましだと判断したのではないだろうか。

明治九年、日本政府は予算二万四千余円を計上して、小笠原島の開拓に本腰を入れて着手する。日本の移民が送られ、居住民は悉《ことごと》く帰化して日本人になった。

私がこの頃の昔話が出来る人はいませんかと、父島漁業協同組合に出かけて尋ねると、クーラーの入った瀟洒《しようしや》な建物の中で、組合長さんが、

「斎藤良二という人が、一番よく分ります。七十歳で、漁協の長老です。それからセイボリさんは六十代ですが、やはり詳しいですよ。連絡してあげましょう。ええ、二人とも漁民です」

と協力して下さった。

斎藤さんは、いかにも現役の漁民らしく赤銅色《しやくどういろ》に汐灼《しおや》けした顔で、躰《からだ》も逞しく、とても七十歳とは思えなかった。

「私の爺《じい》さん婆《ばあ》さんは、明治八年に父島に来たんだから、日本人では草分けですよ。私の祖母《ばあ》さんは、明治天皇の内親王さんの乳母でしてね」

「えッ、本当ですか」

「本当ですよ。明治天皇の第二皇女が梅宮《うめのみや》さんで、私の祖母は乳母として宮中に上ったんです。梅宮さんは夭折《ようせつ》されたんで、沢山の御下賜品を頂いて帰りましてね、その中には大きな銀貨が三枚あったのを子供の頃に見たの、はっきり覚えてます」

「それ、まだありますか」

「戦争中に何もかもなくなりましたよ。この島じゃ、誰でもそうですよ。軍の命令で、昭和十九年に全員が風呂敷包み一つ持っただけで内地へ引揚げさせられたんです。父島には海軍基地がありましたからね」

「斎藤さんも内地へ?」

「いや、私は残りました。日本軍の命令で、漁業班五十五名、農業班五十五名など、約三百名が小笠原に残ったんです。日本軍の兵站《へいたん》確保のためですよ」

「兵隊さんの食糧を生産していたわけですね。いかがでした、その頃は」

「早く死にたいと思いましたよ」

「どうしてですか」

「毎日のように艦砲射撃を受けて、魚とってても生きた空《そら》はなかった。漁船めがけてグラマンから機銃掃射をしてくるでしょう、漁民は怖ろしくてたまらないから陸《おか》の仕事させてほしいと軍に願出《ねがいで》たんですよ。すると食糧が少くてねえ、腹へってたまらないから、しぶしぶ船に乗って、沖へ出ると船の中で魚焼いて腹一杯食べました。ダイナマイト使って、一日に一トンから二トンの魚とってたんです。釣りなんてのんびりやってたらグラマンが飛んで来るからねえ。いや、漁業班では誰も死にませんでした。爆弾落ちてきたら、すぐ海へもぐった。二メートルもぐれば危険はなかったんです。爆弾が落ちると、いっぱい魚が死んで浮ぶから、すぐかき集めて拾いましたよ」

「硫黄島の玉砕は分りましたか」

「父島にいては分らなかったねえ。ずっと南の島だからね。しかし、戦争は敗《ま》けると思っていた。貨物廠《しょう》に日本郵船の重役がいて、船は七〇パーセントやられてしまったと言ってたし」

「終戦は、どうして知りましたか」

「軍師団司令部から報《しら》せが来た。陸軍の堀江参謀という人がいて、これが偉い人だったね。後に戦犯として掴まったけど無罪になって釈放されましたよ。この堀江参謀が、私らを集めて、詳しく説明してくれた。最初に、ソ連には服従するな、アメリカ軍には逆らうなと言ったね。当時で五千人前後の日本兵がいたんだけれども、終戦からすぐ進駐軍が上陸して、私ら軍属は昭和二十年十一月に第一陣が横須賀へ引揚げましたよ。それから小笠原返還になるまで、ずっと私も内地にいました」

私が父島にいたとき、今年は涼しく雨の多い東京の夏と違って、小笠原には八十日も雨が降らず、しかも猛暑だった。農作物はチリチリに旱上《ひあが》ってしまっていた。

別れ際に、私は斎藤さんに訊いた。

「昔と今と、小笠原の漁業はどう違いますか」

「昔の漁民は今の倍は働いたからね、稼ぎも倍はありましたよ」

「どういう魚を獲っていたんですか」

「夏場はカツオとムロアジで、カツブシとムロブシの加工をやっていたがね。十一月から五月はオナガダイ、ウメイロ（オキタカベ）、ハロー（キジハタ）。なんでも獲れたからね、氷詰めにして築地《つきじ》へ送ったものです」

「築地へ、どのくらいかかりました」

「半月かかったね。しかし、いい値で売れたんだよ」

「氷詰めにしてですか」

「そう」

「海の様子で、昔と違ってることありませんか」

「一番はっきりしているのは海草が少なくなったことだね。ラッパモク（ホンダワラ）が朝になれば山のように浜に打上げられていたし、サイミ（フノリに似た海草）も昔は一杯あって、産卵期のカメの餌や、農家が肥料に使ってたんだが、今はほとんどなくなってしまったねえ。岩海苔（オニアマノリ）も、西島なんかにべっとりついてたもんだが、今はない。それと、カツオの生餌《いきえ》にしていたアカドロ（キンメモドキ）が、いなくなった。昔はうようよいたもんだが。ウメイロの稚魚《ちぎょ》も来なくなったね、昔は三年に一度は間違いなく来たもんだが。その代り、今はタバコイレ（クロダイ）がふえてるよ」

沖縄に行ったときは寒波で震え上ったものだったが、夏の父島は赤道直下かと思うほど暑かったから、私は早朝マラソンをすることにした。午前六時半から走り出し、爽快に汗を流してホテルに戻る道で、自転車通学してくる小学生や中学生の一群に会う。その子供たちを見ていると、ここはハワイかという錯覚に陥るようだった。明らかに混血児が多く目につくからだった。

父島漁協の菊池組合長さんに紹介してもらって、ジュリー・セボレ氏（六十五歳）に会ったとき、まっ黒に灼けてはいても、眼が青く、顔だちははっきりとアングロサクソンと見分けがついた。

「戸籍はセボレと片仮名なんですか」

「そう、僕の家はね。ポルトガル系のゴンザレスは岸、アメリカ系のワシントンは大平、ウェッブは上部、ギリーは南と苗字を変えた。変えさせられたんだ。他にも池田とか木村とか、欧米系の家はまだまだありますよ」

「セボレ家だけが変えてないんですね」

「変えてない。僕はこの島で四世ですが、セボレ家はボストンにあって、メイフラワー号でイギリスからアメリカに来たんだから」

「もともと名門なんですね。あなたは英語、話せますか」

途端にセイヴォリ氏は、英語で答え、アングロサクソン特有の態度になった。私は、慌てて日本語で質問を続けた。

「その英語は、どうやって覚えたんですか。欧米系の人たちは、戦前は英語で話してたんですか」

「英語も日本語も使っていた。僕の母方はイギリス人でね、母はミリアム・ロビンスンと言って、八十九歳ですが生きていますよ、この島で」

「じゃ、あなたの英語はお母さまから習ったのですか」

「いや、僕は、兄もそうですが、横浜にある聖ジョセフ・カレッジに進学してたんです」

「え、お父さまの職業は何でしたの？」

「ラッコやオットセイとっていて、漁民でしたよ」

「その収入で聖ジョセフ・カレッジの学費は賄《まかな》えましたか」

「いや、昔の小笠原は貧しくて、僕の親にはそんな経済力ありませんでした。僕の叔父さんが朝鮮の京城（現ソウル）にいてテキサス石油会社の社員だったから、その援助で、兄も僕も聖ジョセフ・カレッジに。ええ、島で当時そういう教育を受けたのは、セボレ家だけ、僕たち二人だけだった」

聖ジョセフ・カレッジは明治三十四年（一九〇一）在日外国人子女の教育を目的として

横浜に開校された。戦後のアメリカン・スクールと同じものだが、現在も横浜にあって名門校として名高い。男子校である。今は宗教色をあまり出していないが、創立したのはマリアンヌ教会で、父兄と生徒用のハンドブックには「父と子と聖霊の御名《みな》においてアーメン」とか「慈愛に溢《あふ》れる聖マリア、主《しゅ》は御身《おんみ》と共にあり」など、カトリックの学校で育った私には懐しいお祈りの文句が書いてある。もちろん英文だが、戦後は日本の学校法人として登録され「アジア人の生徒は受験用紙に漢字で記名するように」という注意書があり、日本人も入学出来るようになった。

さて、その聖ジョセフ・カレッジで教育を受けたジュリー・セイヴォリ氏の話を続けよう。(日本の戸籍名はセボレだが、アメリカ式の読み方だとセイヴォリになる)戦前のこの島では最高のインテリだったはずの人が、今は漁業組合の一員なのである。

「ところで戦争中はどうしていましたか」

「日本軍の命令で、日本に疎開しました。長野県のヤナバというところに、家内のつてでね。家内が長野県人の子供だったから」

「ヤナバって、どういう字を書くんですか」

「さあ、分らないが」

「長野県での生活は如何《いかが》でしたか」

「ただもう寒くて、たまらなかった」

正月に西瓜《すいか》が出来る小笠原から長野県の山奥へ行けば、それしか感想はなかっただろうと私も思った。

「ところでナサニエル・セイヴォリ氏のことですが、最初にこの島に来た白人の中で、文字の読み書きが出来たのは彼一人だけだったような気がしますが」

「そう。僕の曾祖父《ひいじい》さんはガヴァナーだったしね。小笠原に関する昔の本は、みんな僕の曾祖父さんの日記をもとにして書いたものなんだから」

「その日記、残ってるんですか」

ジュリー・セイヴォリ氏は両手をひろげ肩をすくめて見せた。風呂敷一つで船に乗ったとき、島に残しておいたのが、日本軍の手で処分されたのか、あるいは敗戦後、島に進駐したアメリカ軍が発見して持って行ったのか、今となっては、惜しまれてならない。

ジュリー・セイヴォリ氏の、曾祖父のナサニエル・セイヴォリがペリーに任命されたガヴァナー（州知事）だったという言葉に私は少しひっかかって、東京に帰って明治六年に島の白人たちで定めた憲法を調べ直したら、ナサニエル・セイヴォリはチーフ・マジストレート（長官）として選出されていたことが分った。ハワイでさえつい二十年前にアメリカ合衆国の州として認められたくらいなのだから、当時の小笠原の島長がガヴァナーと呼ばれるはずはないのだ。

それにしてもナサニエル・セイヴォリの日記が失われたのは、島の記録として本当にもったいない。この島に人間が住みつくのは、百五十年前の彼らからだったのであるから。五人の白人の最初のリーダーであったマザロはグアム島生れの美しい妻を残して島で死んだ。ナサニエル・セイヴォリは、その寡婦と結婚し、子供も生れた。前に少し触れたが一八四九年（嘉永二）、イギリスとデンマークの国旗を掲げた船が来て、セイヴォリ家を襲い、金も妻も使用人たちも掠奪《りゃくだつ》して去った。グアム人の妻は後にハワイで降船しているが、そのままハワイに住みついて帰らなかったので、ナサニエルはカナカ人の女と再婚している。当時の島に住むことは、かならずしも常夏《とこなつ》で安楽な生活ができていたということでなく、捕鯨船などのやくざな水夫たちが上陸してくると何をされるか分ったものではなかったのだ。ペリーが来たとき、彼らはアメリカに帰属すべきかどうか論議したと思うが、アメリカ側から積極的なアプローチもなかった。その後の日本側の方針に対して、それぞれ本国と連絡を取った形跡もなかったところを見ると、国の保護というものの必要は多少感じていたから帰化することに同意したのかもしれない。明治八、九年以降、日本人の来島者は多かったから、白人たちはそれを拒否するわけにもいかなかったのだろう。

明治六年のアメリカ国務省から日本政府に宛てた答書の中身も白人たちを落胆させたのかもしれない。日本の外務省の問合せに対して、「ペリーノ船隊ガ島ニ到リ、米領トセシヤノ事ナレドモ、議院ニオイテ明カニ之ヲ充シタルコトナシ。……モシ米国人ガ此島ヲ開キ、ソノ住居トナスナラバ、コレ米国政府ハ其人《ソノヒト》ノ保護ヲナスベキ約束タエテナクシテ其《ソノ》事《コト》ヲナシタルナリ。コレラノ遠方僻地ニ立去ル者ハ、其情形ニヨリ、全ク帰国ノ念ナクシテ本国ヲ捨テタルモノトミナサザルベカラズ、ツキテハ米国人タルノ権利義務ヲ同時ニ失ヒタルモノトミルベシ」。

この年、アメリカは金融恐慌が起り、ニューヨーク取引所は閉鎖される有様で、ハワイより小さい島のことなど考える余裕もなかったのだろう。イギリスはヴィクトリア女王の時代で、スエズ運河の買収や、女王がインド皇帝を兼ねるなど、赫々《かくかく》たるものがあったが、小笠原はインドやアフリカに較べて小さすぎた。アメリカさえ手をひくなら問題はないという判断だったのだろう。この島の領有権については、ともかく明治八年にすんなりと結着がついた。

しかし、昭和二十年の敗戦は、この領土問題に微妙な動きを見せた。明治二十年に約一千名、明治三十年に約四千三百六十名、大正十年には五千名を突破した日本人の数は、昭和十九年には七千七百人以上になっていたのだ。明治十五年までに欧米系先住民は悉《ことごと》く日本に帰化していて、この統計の中でも区別されていない。

昭和十九年六月「健康にして戦闘に使用し得るか、現地の自活のため使用し得る男子は、これを軍属として島に残し、それ以外は速やかに引揚げしむべし」という陸軍大臣の命令で、青壮年者八百二十五名を軍属として残し、六千八百八十六名が「身廻品一人当り三個」で軍用船に乗り、内地へ引揚げたのだった。

敗戦によって、島民の軍属たちも、日本軍将兵とともに本土に送還されたが、その前に父島、母島にあった島民の家屋は、アメリカ軍の清掃命令を日本兵が誤解して、全部取壊し焼却してしまった。ナサニエル・セイヴォリの日記は、このとき煙になってしまったのかもしれない。

欧米系帰化人を先祖に持つ島民が、占領軍司令部に陳情したという話もあるが、昭和二十一年になってＧＨＱは不思議な動きをした。欧米系島民と目される者およびその配偶者であるもの百三十五名に対してのみ帰島を許可したのであった。昭和二十一年十月、浦賀港からアメリカの軍艦に乗って、彼らは小笠原に帰った。ジュリー・セイヴォリ氏はその中の一人であった。

アメリカ側は、どういう考えで、こういう特別措置をとったのだろうか。欧米系といっても、百年前に島に来た白人は男ばかりで、子孫はカナカや日本人の血が色濃く混っていたのだし、明治十五年以来、日本人として戸籍上でなんらの差別も受けていなかったはずの人たちなのであるのに。

ジュリー・セイヴォリ氏の話を続けよう。

「戦後、島へ帰った百三十五人は、それぞれアメリカ軍から仕事を与えられて働いたが、僕は英語が出来るし、すぐグアム島にあるアメリカ海軍病院へ勉強に行くことになった。そう、医者になるために。そこでイタリア系のアメリカ人と友だちになった。彼は、こう言ったんだ。If I were you, 分りますか、彼が僕なら、島へ帰るとね。医者になるために四年勉強しなければならない。その後は六年間、アメリカの軍隊で奉仕しなければならない義務があるんだから、十年も家族のところへ帰れなくなってしまうと教えてくれた。僕はもう妻子があったからね、そんなことになったら大変だと思って、グアム島から父島へ帰ってきてしまった」

「それで、この島で何をしていたんですか」

「ここにある海軍病院で働いた。資格はなかったけど、外科の手伝いぐらいは出来るようになっていたからね」

先祖を白人とする百三十五人の中で、子供たちは米軍の家族のために出来たアメリカン・スクールに通学することになった。むろん英語ですべての授業を受けたのである。幼い子供たちはすぐ適応できたろうが、日本語で過してきた十代の少年少女にとっては何かも面喰《めんくら》うような生活だったに違いない。ジュリー・セイヴォリ氏の子供さんは、全部アメリカの大学へ進み、あちらで結婚し、誰も小笠原に帰っていない。彼らはアメリカで市民権を取り、アメリカ人になってしまっている。

今や父島や母島では、この百三十五人が三百人くらいに殖《ふ》えているが、彼らはもう日本語で話し、日本人の学校に通っている。小笠原返還後の切換え期に、子供たちはどんなドラマに遭遇したろうかと思うと胸が痛くなる。

一方、本土にいた引揚島民たちは、どんな生活を送っていただろう。昭和二十六年の調査では、東京都に六百六十三世帯、神奈川県に百三世帯、静岡県に九十四世帯、その他三十一県に約二百世帯が別れ別れに暮していた。

「僕ら、よく沖縄と一緒にされるけどね、小笠原は沖縄と違いますよ。沖縄の人たちは島から追い出されなかったでしょう？　僕らは日本軍の命令で、風呂敷包み一つ持っただけで強制的に本土へ連れて来られたんだからね、違うんですよ」

百年もの島での暮しから、本土に縁故のない人たちが殆《ほと》んどだった。もとより資本もない。間もなく敗戦を迎え、本土にいた日本人でさえ食糧難と窮乏生活で苦しんだものであったのに、小笠原島民は住む家も、売り喰いする物もなかったのだ。それに、いつか島に帰れるものという判断があって、本土で恒久的な職業に就こうとする者が少かった。ただでさえ働く場所もない時期で、東京は焼野原を占領軍のジープがＧＩ*を乗せて疾走していたのだ。島民の生活がどんなものだったか。

引揚当時、七千七百十一名のうち昭和二十八年までに三百九十九名が死亡しているが、その四割が異常死亡者である。この中に一家心中や親子心中したもの十一件が含まれている。敗戦悲話という四文字で片付けてしまうには、あまりにも痛ましい。

こんな状況の中で小笠原返還運動、小笠原島民帰郷促進運動が切実に推し進められていった。生活苦が、島にさえ帰れば地獄から抜け出られるのだという思いに走らせたのだろう。寒い冬のある本土に較べれば、一年中花の咲く父島、母島は極楽だった。母島には農地がある。カボチャも芋も一年中とれる。魚も豊富だ。島に帰れば食糧難は無い。島の人たちは、ただただ帰りたかった。戦争は終ったのだ。だから当然帰れるはずだと彼らは思った。日本軍の命令で本土へ強制疎開させられたのだから、敗戦で日本の軍隊が解体されれば帰島できると考えるのは常識だった。

が、小笠原諸島は、日本軍の次には勝者の進駐軍の占拠するところとなっていた。連合軍最高司令部は昭和二十一年、沖縄、奄美大島および小笠原諸島を、本土と分離し、米軍による直接占領行政を行うという覚書を発したのだ。

アメリカの対日平和条約が発効したのは昭和二十七年四月だった。島民はこの日を待って帰島運動を続けていた。しかし小笠原諸島は、沖縄などと同様に、この条約発効後も、アメリカが立法、司法、行政の権限を持ち続けることになった。帰郷促進運動は、吉田茂首相を動かし、マーフィ駐日アメリカ大使が歩み寄るところまできて、昭和二十七年の秋には日本外務省代表を混えて小笠原島の現地視察を行うという非公式見解が出された。だが、視察員の出発直前、アメリカ海軍から強硬な反対があり、現地島民の一部もこれに反対して、それまでの努力が水の泡になってしまう。欧米系帰化人を先祖とする百三十五名が、アメリカと同調して、他島民の帰郷を阻んだというのは、細かい利害関係もあってのことだろうし、勝者アメリカと歩調を揃えようという考えもあったのかもしれない。この辺りの動きは、無人島の竹島の領有権をめぐって今も緊張している状況と考えあわせると、胸がどきどきしてくる。明らかにアメリカ海軍は、ペリーの時代と同じ状況を考えていたのであろう。島の領有権を、百年前と同じ振出しに戻そうとしていたのではないだろうか。でなくて、とうの昔に日本人になり、日本人の血も濃く混っていた百三十五名だけを島に帰らせることなどしていたろうか。

本土にいる人たちの帰島運動は、アメリカ軍のあまりに厚い壁の前で、一時は中断して生活補償金の獲得運動に切りかわった。なにしろ生きていけないほど苦しい時期が続いたのだ。そもそもが日本軍の命令で島を出たのだから、日本政府や東京都を相手にして補償の要請を行う一方、アメリカ政府に対しても、交付金を要求する運動がくりひろげられた。昭和二十八年からである。

これを受けて日本政府は「見舞金」という名目で昭和二十九年度に千七百六十五万円、昭和三十年度に九千九百万円、昭和三十一年度に三千九百九十九万円を支出することに決定。東京都も昭和二十九年度に二千万円、昭和三十年度に千五百万円を本土にいる島民の「生業資金」として交付することになった。

島民たちは、その一部を各島民の出資金として昭和二十九年十二月「小笠原漁業株式会社」を設立し、遠洋漁業で自力更生の基盤を固めることとした。その後、農林漁業金融公庫より六千万円の融資を受け、二百五十トン程度のカツオ、マグロ釣り兼用鉄鋼漁船二隻を建造した。

私が父島に出かけた年、それまで小笠原諸島では一つだけであった父島漁業協同組合が、母島漁協と二つに分れたところであった。どの地域でも、漁協は合併して大型化する方向に進んでいるのに、この現象は興味があった。

「どうして二つになったんですか」

「いや、いろいろ事情がありまして」

支庁でも漁協でも、私の質問ははぐらかされたが、分裂したという印象は受けなかった。折よく、母島漁協の組合長さんが父島に来ていて、父島漁協の組合長さんと偶然一緒になることが出来た。何しろ島は狭いところなので、ある日の夕刻、支庁の水産係長さんと鮨《すし》屋で一杯やっていたら、父島の菊池組合長さんが私の宿に訪ねていらしたという連絡が入り、その鮨屋ですでに一部屋を私のために予約してあったことが分ったのだ。

席を移して話をしているところへ、母島漁協の組合長さんも、なんの考えもなくその店に入って来た。

「丁度《ちょうど》いい、一緒にやりましょう。この人が初代の組合長なんです。僕は二代目」

と、父島の菊池組合長さんが紹介してくれた。

菊池さんは弁の立つ都会人だったが、母島の組合長さんは、見るからの漁民で、しかし訥々《とつとつ》と語るところは私の呼吸を忘れさせるほど迫力があった。

「小笠原はかならず返還になると私は信じていました。だから沖へ出ると、まず小笠原の馴れた漁場へ迷わず行って漁をしていた」

「この辺の漁法はタル漁とか棒受《ぼうけ》のようですね」

「そうですが、私のやったのはサンゴです」

「えッ」

「棒受はムロアジやトビウオで、今もやっていますが、返還前に私は息子と漁に出て、どうもおかしい。海の底に松林のようなもんがあるような気がしてならない。これはサンゴが枝ひろげているのであるまいかと思ったです。一か八か、やってみようと、何もかも売り飛ばして資金を作った。目標額にはチト足りなかったが、背に腹はかえられん。新しく買った網に大きな石をくくりつけて、本当は八本おろしたかったんだが、六本しか金がなくておろせなかった。ところが、本当にサンゴが松の林のように下に並んでおったですよ。揚げる網という網に、面白いようにひっかかってきた。両腕で抱えきれないような大きなサンゴも上ってきた。夢中だったね、嬉しくて。帰りは伊豆の三宅島へ舟を着けて、そこで業者に売ったですよ。ものすごい人だかりがして、警察に怒られたですよ。金が一回で三千万円も儲《もう》かった。もう嬉しくて嬉しくて、息子に何百万とやって、勝手に使えとくれてやったですよ。女房に後で叱られてしまったが、息子は若い盛りだから、その金で遊びに遊んでね。だから、その後は遊びあきて身持ちが固くなって、もう安心していいんですよ」

この夢のような物語を聞いてから、私はおそるおそるサンゴ漁というのは賭博性の強いものではないのかという質問をした。二人の組合長は同時に大きく肯《うなず》いた。

「その通りです。しかし、私の見つけたサンゴ礁から取ったものの利益で、小笠原返還後、父島漁協の基礎が出来たんです」

「今の事務所の後にオンボロの建物があったでしょう。あれが、僕らの手で、この島に帰ったとき最初に建てた組合の建物なんですよ」

父島の組合長さんは続けて話した。

「私は硫黄島の人間なんですが、十六歳のとき終戦を迎えました。現在何隻か持舟を持っていまして、船主ですが、漁民としては素人です。あの斎藤良二翁は私の船の乗り子でして、私は俄《にわ》か漁民ですから、あの人にはとても及びませんよ。私の息子は、あの斎藤さんに仕込んでもらいました。今じゃ、斎藤も息子も沖へ出たら、私の言うことは何も聞きません。私はカッカと頭に来て、怒ると戻ろうとすぐ言い出すもんで、誰も私を乗せたがらない。金は払うから乗ってくれるなと、みんな言うもんで、港においてけぼりを喰うんです」

「面白いですねえ」

「ひどいものですよ。あの斎藤と息子と三人で漁に出たとき、日がな一日かかっても一匹も魚がかからない。私は頭にきて、どうしたんだって怒鳴ったら、斎藤が、ここにゃあ昔っから魚は一匹もいねぇと言うんだ。そんなら何故それを早く言わねえんだと怒ったら、俺は船頭じゃねえって。ええ、その日は息子が船頭でした。それで息子が斎藤さんに頼んで漁場を変えたですよ。するってえと、釣れるわ釣れるわ、見る間に魚が山になった。あの斎藤良二って男は、そういう漁師なんですよ。海の中のことなら、どこに何がどのくらいいるか、はっきり読めるんですよ」

「父島漁協の宝ですね」

「そうです」

私は江戸時代に徳川幕府の巡検使節が天照大神宮、八幡大菩薩、春日大明神を勧請したという記録があるのを知っていたので、漁民にとって氏神さまはどれかという質問をした。漁業は生命の危険がつきまとうので、どの地方に行っても祭事は熱心に行われているからである。

だが、意外な返事が菊池さんの口から戻ってきた。

「神社はいくらもありますがね、私は、私の船には神様は祭らないです」

「えッ、どうしてですか」

「私は神なんて有ると思ってないですよ。だってそうでしょう。私は硫黄島にいて、十六歳でした。私の目の前で、親も家も爆弾で吹っ飛んだんですよ。私が長男で、五人の子供が親なしで残りました。下の妹は四歳でした。こんな目に遭わされて、神があると思えますか」

私は、返す言葉がなかった。

「子供ばかり五人、東京へ強制的に送られて、その日から私は働かねばならなかった。四つの妹を背中に縛りつけて、私は働きましたよ。十六でも、私しかいねえんだもの、働けるのは。金になる仕事なら、働かしてくれるところなら、どこへでも行って働きました。よりごのみなんて言ってられないもの。私は東京で、今でも土建屋やってますがね、あの頃を思うと悪夢のようですよ。神も仏もあるとは思わない。乗り子の中には祭らしてくれとか、お守りを持ちたいと言うのがいますが、そういうときは好きなようにしろと言ってね、だけど自分じゃ決して祭らないの」

この島が日本に返還され、小笠原諸島振興開発特別措置法が発効されるのは昭和四十四年であった。この島が再び日本のものになって、まだ十年の歴史しかない。漁業もようやく緒についたばかりである。しかし父島、母島両漁協の組合長の意気込みは凄《すさ》まじい。彼らは、やる気満々で燃えている。

父島の組合長が、神を信じないと言い切った人が、目をすえて私に言った。

「いいですか、小笠原はいいところだと、一行でいいから書いて下さいよ」

私は、この言葉を東京都民一千万に直接伝えたいと思った。ここの島々は東京都下小笠原村と呼ばれているのだ。

最後に、台湾から出没するサンゴ漁船について書いておこうと思う。

「去年の秋からですよ、去年の暮には十隻、二十隻と殖えて、今年の正月からは四十隻、五十隻とかたまって大船団が来るようになった。ここには海上保安庁の出先機関がないからねえ」

「えッ、ないんですか」

「ないんです。多分、今年から出来ると思うけど、我々やかましく陳情して、ようやく水産庁の船が来るようになった。こないだ、俺は、それを台湾船と勘違いして、釣糸垂れてやがったからね、領海内でよ、でけえ船だったけど、俺の五トン船、横づけにして、やい降りて来いって怒鳴ったんだ。そしたら金ピカの制服着たのが降りてきて、やあ、すまないね、おかず釣ってたんだよって、水産庁の船長が詫びるんだ、俺ひっこみつかなくて弱ったよ」

菊池さんの話は面白くてたまらないが、台湾のサンゴ漁船による被害は甚大で、魚礁は荒らされるし、海底が滅茶滅茶になる。第一、二百カイリどころか領海内にも平気で入って来て、こちらが追いかけると逃げてしまう。昭和五十四年十月十日から今年の一月二十六日までに確認された台湾のサンゴ漁船の数は延べで千三百二十六隻になる。すべて小笠原村周辺海域で操業していた。支庁が確認していない数を入れると気が遠くなるほどの台湾船が来ていたことになる。さすがに最近はマスコミも書きたてるし、日本政府の申入れもあって少くなったようだが、ここにも海が国境になった現代の姿があるのだった。

この項を書き上げたとき、甲子園の高校野球は決勝戦を終っていた。深紅の優勝旗を手にして行進する横浜高校の投手を眺めながら、私には感慨無量のものがあった。この少年のお母さんが、小笠原の母島出身の人と聞いていたからである。彼女が風呂敷包みひとつで本土に来たときは、彼と同じ若さだったはずだ。今日までの歳月、どれほどの苦難の山坂を越えていたことだろう。それから三十五年、育てた子供がこうして胸を張って堂々と全国の人々の注目を浴びているのだ。小笠原の人々もきっと喜んでいるに違いない。

＊一〇二ページ。本作品は、「日本の島々、昔と今。」と題する一連の離島ルポルタージュとして「すばる」に連載されていました。
＊一一〇ページ。「カナカ」はハワイのポリネシア系先住民のこと。
＊一二七ページ。「GI」はアメリカ兵の俗称。
（編集部注）

岡本かの子 I

一平・私・太郎

親の前で祈禱《きとう》——岡本一平論

「あなたのお宅の御主人は、面白い画《え》をお描きになりますね。嘸《さぞ》おうちのなかも、いつもおにぎやかで面白くいらっしゃいましょう」

この様なことを私に向って云《い》う人が時々あります。

そんな時私は、

「ええ、いいえ、そうでもありませんけど」などと表面、あいまいな返事をして置きますが、心のなかでは、何だかその人が、大変見当違いなことを云って居る様な気がします。

もちろん、私の家にも面白い時も賑《にぎ》やかな折も随分あるにはあります。けれど、主人一平氏は家庭に於て、平常、大方無口で、沈鬱《ちんうつ》な顔をして居ます。この沈鬱は氏が生来持つ現世に対する虚無思想からだ、と氏はいつも申します。

以前、この氏の虚無思想は、氏の無頼《ぶらい》な遊蕩《ゆうとう》的生活となって表われ、それに伴って氏はかなり利己的でもありました。

それゆえに氏は、親同胞《はらから》にも見放され、妻にも愛の叛逆《はんぎやく》を企てられ、随分、苦い辛い目のかぎりを見ました。

その頃の氏の愛読書は、三馬《さんば》や緑雨のものが主で、其他《そのた》独歩とか漱石氏とかのものも読んで居た様です。

酒をのむにしても、一升以上、煙草《たばこ》を喫《す》えば、一日に刺戟《しげき》の強い巻煙草の箱を三つ四つも明けるという風で、凡《すべ》て、徹底的に嗜好物《しこうぶつ》などにも耽《おぼ》れて行くという方でした。食味なども、下町式の粋《いき》を好むと同時に、また無茶な悪食《あくじき》、間食家でもありました。

仕事は、昼よりも夜に捗《はかど》るらしく、徹夜などは殆《ほとん》ど毎夜続いた位です。昼は大方眠るか外出して居るかでした。

しかしそうした放埒《ほうらつ》な、利己的な生活のなかにも、氏には愛すべき善良さがあり、尊敬すべき或る品位が認められました。

四五年以来、氏はすっかり、宗教の信仰者になってしまいました。

始めは、熱心なキリスト教信者でした。しかし、氏はトルストイなどの感化から、教会や牧師というものに、接近はしませんでした。氏は、一度信ずるや、自分の本業などは忘れて、只管《ひたすら》深く、その方へ這入《はい》って行きました。氏の愛読書は、聖書と、東西の聖者の著書や、宗教的文学書と変りました。同時にあれほどの大酒も、喫煙もすっかりやめて、氏の遊蕩無頼な生活は、日夜祈禱の生活と激変してしまいました。

その頃の氏の態度は、丁度《ちょうど》生れて始めて、自分の人生の上に、一大宝玉でも見付け出した様な無上の歓喜に熱狂して居ました。キリストの名を親しい友か兄の様に呼び、なつかしんで居ました。或時長い間往来の杜絶《とだ》えて居た両親の家に行き、突然跪《ひざまず》いて、大真面目に両親の前で祈禱したりして、両親を却《かえ》って驚かしたこともありました。また誰かに貰《もら》って来たローマ旧教の僧の首に掛け古された様な連珠に十字架上のクリストの像の小さなブロンズの懸《かか》ったのを肌へ着けたりして居ました。

氏の無邪気な利己主義が、痛ましい程愛他的傾向になり初めました。

やがて、氏は大乗仏教をも、味覚しました。茲《ここ》にもまた、氏の歓喜的飛躍《ひやく》の著るしさを見ました。その後とて、決してキリスト教から遠《とお》ざかろうとはしませんけれど、氏の元来が、キリスト教より、仏教の道を辿《たど》るに適して居ないかと思われる程、近頃の氏の仏道修業が、いかにも氏に相応《ふさわ》しく見受けられます。

氏は毎朝、六時に起きて、家族と共に朝飯前に、静座して聖書と仏典の研究を交《かわ》る交《がわ》るいたして居ります。

氏は、キリスト教も仏教も、極度の真理は同じだとの主張を持って居ります。随《したが》って二重に仕えるという観念もないのであります。ただ、目下は、キリスト教に対しては、その教理をやや研究的に、仏教には殆ど陶酔的状態に見うけられます。

現在に対する虚無の思想は、今尚《いまなお》氏を去りません。然《しか》し、氏は信仰を得て『永遠の生命』に対する希望を持つ様になりました。氏の表面は一層沈潜しましたが、底に光明を宿して居る為か、氏の顔には年と共に温和な、平静な相が拡がる様に見うけられます。暴食の癖なども殆ど失せたせいか、健康もずっと増し、二十貫目近い体に米琉《よねりゅう》の昼丹前《たんぜん》を無造作に着て、日向《ひなた》の椽《えん》などに小さい眼をおとなしくしばたたいて居る所などの氏は丁度象かなどの様に見えます。この容態で氏は、家庭に於て家人の些末《さまつ》な感情などから超然として、自分の室にたてこもり勝ちであります。その室は、毎朝氏の掃除にはなりますが、書籍や、作りかけの仕事などが、雑然混然として居て一寸《ちょっと》足の踏み所も無い様です。一隅には、座《ざ》蒲団《ぶとん》を何枚も折りかさねた側に香立てを据えた座禅場があります。壁間には、鳥羽僧正の漫画を仕立てた長い和装の額が五枚程かけ連ねてあります。氏は近頃漫画として鳥羽僧正の画をひどく愛好して居る様です。

画などに対しても、氏は画面そのものを愛すると同時に、その画家の伝記を知るということを非常に急ぎます。近頃の氏の傾向としては、西洋の宗教画家や東洋の高僧の遺墨などを当然愛好します。それも明るい貴族的なラファエルよりも、素朴な単純なミレーを好み、理智的に円満なダビンチよりも、悲哀と破綻《はたん》に終ったアンゼロ*を愛するという具合です。

近代の人ではアンリー・ルッソーの画を座右にして居ます。元来氏は、他に対して非常な寛容を持って居る方です。それは、時に他をいい気にならしめる傾向にさえなるのではないかとあやぶまれます。

たとえば、

「あなたが先日あの方にあげた品ですね、あれをあの方は、こんな粗末なものを貰ったって何にもなりゃしないって蔭口《かげぐち》云ってましたよ」などと告げる第三者があるとします。

この場合氏は、

「折角《せっかく》やったのに失礼な」

などとは云わずに、

「そうかい。いや、今度はひとつ、あいつの気に入る様なのをやることにしようよ」と云った調子です。

また、他人が氏を侮蔑した折など、傍《はた》から、

「あなたはあんなに侮蔑されても分らないのですか」など歯がゆがっても、

「分って居るさ、だけど向うがいくらこっちを侮蔑したって、こっちの風袋《ふうたい》は減りも殖《ふ》えもしやしないからな」と、平気に見えます。

また、男女間の妬情《とじょう》に氏は殆ど無知かと思われる位です。が氏とて決して其を全然感じないのではない相《そう》ですが、それに就いて懸命になる先に氏は対者に許容を持ち得るとのことです。一面から云えば氏はあまり女性に哀惜を感ぜず、男女間の痴情をひどく面倒がることに於て、まったく珍らしい程の性格だと云えましょう。それ故か、少青年期間に於け

る氏は、かなりな美貌の持主であったにかかわらず、単に肉慾《にくよく》の対象以上あまり女性との深い恋愛関係などは持たなかった相です。熱烈な恋愛から成った様に噂される氏の結婚の内容なども、実は、氏の妻が女性としてよりは、寧《むし》ろ『人』として氏のその時代の観賞にかない、また彼女との或不思議な因縁あって偶然成ったに過ぎないと思われます。「女の宜《よ》い処《ところ》を味わうには、それ以上の厭《いや》な処を多く嘗《な》めなければならない」とは、女の価値をあまりみとめない氏の持説です。

氏は近来女の中でも殊《こと》に日本の芸者及びそうした趣味の女を嫌う様です。音楽なども長唄をのぞいては、むしろ日本のものより傑《すぐ》れた西洋音楽を好みます。席亭へも以前は小《こ》さんなど好きでよく行きましたが、近頃は少しも参りません。芝居は仕事の関係上、月に二つ三つはかかしませんが、男優では、仁左衛門と鴈次郎《*がんじろう》が好きな様です。

氏は家庭にあって、私憤を露骨に洩らしたり、私情の為に怒って家族に当ったりしません。その点から見て、氏は自分を支配することの出来る理性家であるのでしょうか。たまたま家族の者に諫言《かんげん》でも加えるには、曾《かつ》て夏目漱石氏の評された、氏の漫画の特色とする『苦々しくない皮肉』の味《あじわ》いを以って徐《おもむ》ろに迫ります。それがまたなまじな小言などよりどれほどか深く対者の弱点を突くのです。また氏の家庭が氏の親しい知己か友人の来訪に遇《あ》う時です、氏が氏の漫画一流の諷刺《ふうし》滑稽を続出風発させるのは。そんな折の氏の家庭こそ平常とは打って変って実に陽気で愉快です。その間などにあって、氏に一味の『如才ない『如才な』さ』が添います。これは、決して、虚飾や、阿諛《あゆ》からではなくて、如何《いか》なる場合にも他人に一縷《いちる》の逃げ路を与えて寛ろがせるだけの余裕を、氏の善良性が氏から分泌させる自然の滋味に外ならないのです。

氏は、金銭にもどちらかと云えば淡白な方でしょう。少しまとまったお金の這入った折など一時に大金持になった様に喜びますけど、直《じ》きにまた、そんなものの存在も忘れ、時とすると、自分の新聞社から受ける月給の高さえ忘れて居るという風です。近頃、口腹《こうふく》が寡慾《かよく》になった為、以前の様に濫費《らんぴ》しません。

氏は、取り済した花蝶などより、妙に鈍重《どんじゅう》な奇形な、昆虫などに興味を持ちます。たとえば、庭の隅から、ちょろちょろと走り出て人も居ないのに妙に、ひがんで、はにかんで、あわてて引き返す、トカゲとか、重い不恰好《ぶかっこう》な胴体を据えて、まじまじとして居る、ひきがえるとか。

人にしても、辞令に巧《たくみ》な智識階級の狡猾《こうかつ》さはとりませんが、小供や、無智な者などに露骨なワイルドな強慾や姦計《かんけい》を見出す時、それこそ氏の、漫画的興味は活躍する様に見えます。氏の息《そく》のまれに見るいたずらっ子が、悪たれたり、あばれたりすればする程、氏は愛情の三昧《さんまい》に這入ります。

氏はなかなか画の依頼主に世話をやかせます。仕事の仕上げは、催促の頻繁な方ほど早く間に合わせる様です。催促の頻繁な方程、自分の画を強要される方であり、自分に因縁深い方であると思い極めて、依頼の順序などはあまり頭に這入らぬらしいのです。

終りに氏の近来の逸話を伝えます。

氏の家へ半月程前の夕刻玄関稼ぎの盗人が入りました。ふと気が付いた家人は一斉に騒ぎ立てましたが、氏は逃げ行く盗人の後姿を見る位にし乍《なが》ら突立ったまま一歩も追おうとはしませんでした。家人が詰問しますと、

氏は「だって、あれだけの冒険をしてやっと這入ったんだぜ、（盗人は三重の扉を手際よく明けて入りました）あれ位《くら》いの仕事じゃ（盗人は作りたての外套《がいとう》に帽子をとりました。）まだ手間に合うまいよ。逃がせ逃がせだ」という調子です。氏のこの言葉は氏のその時の心理の一部を語るものでしょうが、一体は氏は怖くて賊が追えなかったのです。氏は都会っ子的な上皮の強がりは大分ありますがなかなか臆病でも気弱でもあります。氏が坐禅の公案が通らなくて師に強く言われて家へ帰って来た時の顔など、いまにも泣き出し相な小児の様に悄《しょげ》気返ったものです。以上不備乍ら課せられた紙数を漸《よう》く埋めました。

（九、一二、一五。）

＊一四一ページ。ミケランジェロのこと。

＊一四三ページ。初代中村鴈治郎（一八六〇―一九三五）のこと。（編集部注）

岡本一平の逸話

特色の深い人の話を聞かせよと云われますが、まあ、わたくしの身辺では、やはり岡本一平が適当な話材の人になりそうです。

彼は子どものうち「泣虫和尚《おしよう》」と校長などからあだなをつけられた小心者だったそうですが、大きくなってあんな大胆な絵を描いて描き抜くようになるなんて、まあ特色——つまり変った部類の人でしょう。

彼は外敵には非常に強いのです。たとえば批評家などが何の思いやりも当人の立場に持たずして、勝手な非難なんか活字でしても平気なものです。見せて上げ度《た》いくらいの知らん顔です。だのに、内輪の者へのこまかい心づかいや傷心といったらありません。小鳥など彼には飼えないのです。寒かろうか、暑かろうか、喰べものは、これでいいのか、あれが欲しいか、と気づかい通しです。それから彼の小心——散歩してても遠くの方に犬や牛、馬の姿が見えるといつか横町へそれて居る。

彼はお客の前で、どんな目上の方の前でもじき寝ころぶ。だのに、父上の生前訪問された都度《つど》のことを私は忘れない。彼は、一たん来訪の父上を座敷へお通し申し、うやうやしく一礼の後、自分の部屋へ引かえす。何するかと見て居ると、彼は袴《はかま》を穿《うが》って出《い》で来《きた》り、父上と対座して半日一日でも端然と手を膝にして言葉の折目正しく談《ものがた》る。

彼の無口（家に在る時の）一年に先生と三度しか口をききませんでしたと云った書生があった。女中などでもどんなに面白い先生かと思って御奉公に上るとびっくりする程じょうだんを仰《おつしや》らぬと驚く。

彼は世の貴顕から多くの好意ある手翰《しゆかん》や御招待を頂戴《ちようだい》しても心中感謝し乍らも一本の御返事さえ曾《か》つて差し上げたる事なきに巴里《パリ》の息子に送る手紙は殆どその内容ラブレターの如し。

彼はよく寝る男なり。曾て朝日新聞へ入社の当日、一寸顔を出した彼が、直《す》ぐ居なくなったるに諸氏を挙げて社内捜査せし処、彼に当てられたるテーブルの下にて昼寝して居たりしと。

彼はまた、社のトタン屋根の上にてねむり居たりし処を写真に撮られその写真を家庭に持込み家族一同をはらはらさせました。

彼の大胆――玄関どろ棒外套一着盗み去るとき、彼は手を延ぶれば賊を捉え得程の地点に居たるに賊の去り行く後姿を見送って追わず「だって、命がけで這入ったんだぜ、外套一つ位ぃ持たしてやらなけりゃあ」と。

(ただしこれは十五六年以前のいまだ玄関子の数少なき頃のわが家の出来事なり、今もし賊あってこの話に乗じてわが家に来るもこの寛大には遇ぃ得まじ。主人は奥深く居て、寛大ならざるクッキョウの玄関子多く在り。わが家の用心の為、書き添え置く)

彼は一枚八十銭のユカタを着せても「新らしいのは惜しくて着て居づらぃよ」とぬぎすてます。その彼が彼の嗜食《ししょく》の為には一夕《いっせき》百金を散ずるのも惜がりません。「何故ですか」と聞きますと「何故だか」と彼は微笑して居るのみです。

私の日記

十二月二日

朝から木枯《こがら》しが吹きすさんで、障子が、ごとんごとんわびしく鳴る。妙に淋しい。引きこもって火鉢の傍で、本でも読んで居度《いた》い。だが、歯医者へ行かねばならない。義歯が出来上って、いよいよ、取りつけねばならない日だ。

が、しかしエンジンをかけられたり、ゴシゴシ磨り合せをやられたり、注射したり、根を抜いたり、長いあいださんざんいやな思いをした。唇を割って、出し入れされる金属療器の匂いも鼻にあきた。揚句《あげく》にやっと出来上ったとてやっぱりそれはにせの歯だ。にせものを口へ入れて居る! 自分の体のなかで一番敏感で、ほっとり温かく柔かくふくんで居度い口のなかへ、しゃっちこばってごつごつ冷たい、金だの瀬戸だの鉛だのをいれて、自分のものの様にいとしむのは味気ない。こんなにまでして物を喰べなければ生きられないのか。

私はまだ、眼も鼻も耳も悪い。方々の医者へ行って、いやな治療も度々する。それでも結局なおっては居ない。うるさいことだ。人間の一生は短かい。せめて死ぬまでそっくり、健康で不自由なく誰もみんな行ければ宜《よ》いのに。

途中、光明坂下に空俵屋の店がある。今隣が煉瓦《れんが》の二階屋で、今一方がペンキ塗りの洋風の店なので、一寸不調和に見えた。が直ぐにその堆積した空俵の間に一人の媼《ばあ》さんを見出した。編目の太い幅広な茶色なショールを媼さんは、肩に捲《ま》いて居る。頭も手拭いで捲いて居る。平たい黄色い顔に、大きく剣のない眼。傍に日向ぼっこをして居る三羽程の白い鶏をちょいちょい見乍ら、継ぎものらしい仕事を手に持って居る。善良で苦労なしで、それで居て思いやり深相《そう》な媼さんだ。生れたままで此処《ここ》へこう置かれ、そのまま育って年とった様な媼さんだ。電車の通る東京の表通りで、露西亜《ロシア》の田舎の農家を描いた素朴な画の様な光景に接した。不思議ななつかしみを感じた。

午後。云っても云ってもきかないので、太郎の手を、ぴしゃっと拍《う》った。拍つ気で拍ったのではないが、私はかんしゃくもちである。太郎はわっと大声をあげたが、直《じ》き泣きやんだ。そして私の苦渋な顔を一寸見上げ、黙って赤くなった手をさすり乍ら室を出て行ってしまった。なまじいな小言では、ますます我儘《わがまま》になる子がはげしく出ると却って私に感謝する様な顔をする。我ままがつのって自分で自分をもてあます時、叱って鎮めて呉《く》れという様な意を太郎は或時幼い云い方で私にたのんだ。だが、叱ったあとの私の淋しさといったら。

私は太郎を拍ったあと、自分がいつでも一人で泣く。太郎を拍つことは自分を拍つことだ。正直だが一徹で弱気なくせに熱情家だ。私そっくりなあの子。それ故に可愛ゆい。それゆえにまた私を怒らす。はげしく叱ったあとの太郎へ湧き上る愛情は、私をじっとして置かない。でもあんなに叱ったあと露骨にいたわりに行くのも我子に乍ら何だかはずかしい。仕方がないので明朝のレコードをしらべにかかる。カルソーのリゴレットを抜いて置く（日記は独《ひとり》のものであるけれど雑誌へ発表するものゆえ読者のために説明をしなければなりません。私の家では太郎の登校の気分を爽やかにしてやるために、毎朝出がけに蓄音機をかけて送ってやります。）

三日。

夕刻お湯へ行く。五時から六時までの間。いつものとおり今日も込む。せっかく骨折って見つけた桶《おけ》を直《す》ぐひといにとられる。取る人の素《す》ばしこいこと。お湯をくんで、傍へ置いて、一寸他所《よそ》でも見て居ると、するっとさらって行く。上手なのにあきれる。澄した顔のおとなしやかなシナを作る奥さんや、お嬢さんが平気でそれをやる。三越や白木で、どうか安くて好い柄《がら》をと夢中になり、他人が選んで持って居る物にまで手をかけるのは、こんな婦人達だろうと思う。浅ましい。自分もやらない様に気をつけ様と思う

夜。宮島氏から頂いた招待券で青年会館の音楽会へ行く。大音楽会と銘打ってあるけれ

ど、演奏したのは多く学生らしかった。なかで三味線を洋楽に応用したのを聞いた。遠くなので、何を撥《ばち》にしたのか分らないが、殆どマンドリンの様に、糸を細かに撥《はじ》いて居る。三味線はやはり、日本人が日本服で象牙の撥でぴたぴた弾くところにほんとうの味があると思う。

寝しなにまたお姑《かあ》さんのことが頭に浮ぶ。私の前では私をお姫様のように持ち上《あげ》るお姑さん。それで居て、私の後姿を指さして、ひとに舌出して見せるお姑さん。滑《なめら》かな青白ぃ皮膚。顔も姿も鈍角的な、お妾《めかけ》さんの様な美女のお姑さん。人づきあいに程がよく、お使いものの見立ての上手なお姑さん。私達からお金をほしがりそれで世間へはあべこべにふれてあるくお姑さん。

四日。

実家から母上法要のしらせが来て居る。でも私の名宛がない。行って宜《よ》いのやら悪いのやら分らないのでよす。

朝。目黒の植物園へ太郎を連れて出かける。洋装にもかなり馴れたが、まだ体の格好に自信が無いので極《きま》りが悪い。オーバーの地質はすばらしいけれど、あまり分厚で野暮で、露西亜の田舎乙女の様に自分の姿が思われる、靴もすっかり足に着いた。うちの花壇へ植えこむため、植物園で水仙の芽を一抱え買う。私がそれを園丁に掘らせて居る間に、太郎は園の近所の草原に建って居る工場を写生して居る。いつも乍ら太郎の画は、デッサンがしっかりしすぎて居る程だ。

午後。日本服に着換えて、主人と一しょに観音庵へ行く。例によって、原田老師の「正法眼蔵《しょうぼうげんぞう》」の提唱がある。今日は懺悔《さんげ》巻第七節である。「仏祖憐みの余り広大の慈門を開き置けり。是《こ》れ一切衆生《しゅじょう》を証入せしめん為なり。人天誰《にんでんたれ》か入《い》らざらん。彼《か》の三時の悪業報《ごっぽう》必ず感ずべしと雖《いえど》も、懺悔するが如きは重きを転じて軽緩《ママ》せしむ。又滅罪清浄《しょうじょう》ならしむなり」

老師の声は寂《さ》びたなりに凛《りん》とした張りを持つ。冬の曇天のにび色の障子を背にし、褐色の法衣を被って端坐し、老師の説く所一言隻《せっ》句の無駄が無い。頭の好い老師はまた青年の様な純な心を持つ。大乗仏教の教義は、あまねく現世の実在に遍満して、広大無辺だ。善悪差別のはげしいキリスト教の教義に行きづまり、茲《ここ》へ来てから、ほっとした。

五日。

妹が法事の御馳走を持って来た。昨日行かなかった当家の分のを。大きな蒲鉾《かまぼこ》や、立派な鯛《たい》や豊富なきんとん。その外二折の菓子や、黒江屋の重ね盆の敷物などすっかり昔の大家の家伝の風を復活した。近頃の実家の好況と弟の努力が見えて、嬉しく、不憫《ふびん》に感じる。その喜びや不憫が、妹に面と向うと急に変じて、一方、弟や父の私に対する平生の態度や批評を、怨《うら》んだり歎《なげ》いたりする心となった。私はへんな女である——と心で自覚しながら、止め度もなく妹の前へ涙を流して縷述《るじゅつ》してしまった。私の錯誤的恋愛から父や弟夫婦が、どんなに私を冷酷に批判し、侮蔑して居るか。それが私のひがみの根となって、弟と何でもない一場の人生観を談《かた》っても、その所論の相違まで妙な気まずさを心に残す。私は私のあの事件後、とかく刑余の人の様に見られるようにひがんで卑屈になり盲目的に弟達の気息に合う様にして居たのが馬鹿らしい。

一時は私も私のあの恋愛を罪悪視したけれど、あれはあの頃信じ出したキリスト教の教義から割り出した偏見で、人間の眼に錯誤とうつり不自然と見える罪悪でも、決して、広義に於てはそうでなく、私には、ああなる必然の為になったという自信、とりもなおさず、あの時の私はああならねばならない原因があり、それに押された必然の結果を人々の前に現わしたばかり、善いとも悪いとも是非することは出来ない。弟夫婦のせまい道徳説に律しられて、刑余の人に私はもうなって居られない。今のこの心の私に名ざしの無い法事の招待状が不満におもわれた。

私という刑余の人を逢《あわ》せるに都合の悪い親類がある?!――私はそれを一昨夜衝動的にひがんだ。が今日はすっかり直って居たのだ。何故なら、弟達の道徳は弟達に絶対なものであって、弟達は、それを一元的に体得しつつ生きて居る。人を縛ろうとする縄で、自分をもしばって居る。たとえ客観の上で結果に矛盾や無自覚が見えても、とにかく自分達の型に自分達をはめて居る。実家はそれゆえ復活しつつある。気の毒な弟。すっかり若い野心を賭して、営々として開業医をはげんで居る――私のしんと沈んだ心が、底の力で斯《こ》う思って居る。

それなのに口は止らない。涙があとからあとから出て、妹に愚痴を述べつづける。妹も泣いてしまう。妹のかえったあと、直ぐに悔恨が私の心を噛み初める。妹が可哀相だった。父にも弟にも済まない。直ぐにもわびの手紙を出そうかと思う。が、一方の自我が許さない。私のとった態度もまた厳として、存在の価値があるのだから。

夜。悔恨と自我の戦いがつのって、惨たんたる私となってしまった。憐憫《れんびん》と謝罪。反感と自尊心。入りみだれてもつれた悩みが、傷口の血の様に心からしたたる――疲れはてて横になってしまった。いつもあばれ込む太郎が、そっと伺い寄ったが、遠慮して行ってしまった。弱った様子が、他からも余程見えるのだろう。

六日。

昨日からのなやみと、入歯のいたみで御飯もよく喰べられない。

主人。

「苦しい心は、みんな仏様に持ってお出で。すれば、じかに云わずとも、先方へいつか通じるよ」

と、懺悔文《さんげもん》を教えて呉れられる。

我昔所造諸悪業。皆由無始貪瞋痴《ママ》。従身口意之所生。一切我今皆懺悔。

白檀《びゃくだん》で刻んだ小さな仏像へ向って、手を合せた――ふだんは、机の飾物位に心得て、筆の柄《え》で引きくり返したりばかりして置いた白檀の尊像が、今日は何よりたのみの仏となった。仏像の衣のひだにたまって居る薄いちりを叮嚀《ていねい》に拭いて正面へ据え、何度も何度もふし拝む。心の底に熱い涙がにじんだ。

六日《ママ》。

主人ブレークの〝Eternally I labour on〟（常に働く人）を仏蘭西《フランス》書院から買って来る。詩があっていやだと小林徳三郎さんが来て云う。小林さんゴッホの伝記を借りに来たのだが、ゴヤの現実味がなおすきだと云う。私はダビンチをだんだん研究しはじめた。埴原久《はにはらく》和代《わよ》さんといつか話した時、私はミケロアンジェロがずっと好きだと云ったら、埴原さんはダビンチが好きだと云われたのを思い出す。

ちっとも雨が降らない。庭の植樹がみんなかさかさに渇いて居る。

七日《ママ》。

久しぶりで主人と川升亭へ小さんをききに行く。いつもながら、愛すべく敬すべき小さんオジさんではある。彼の噺《はなし》はすっかり描写だ。芸術の真諦《しんたい》だ。だが客の入りの薄いことは！

「近頃、活動に奪《と》られて寄席《よせ》の客はみんなこんなものだよ」

と主人いう。客が薄いと、芸人の方でなまけはしないかと、こちらがひがむ。檜襖《ひのきぶすま》の黒塗のふちがしんと光り、表の木戸の拍子が席の合間に徒《いたず》らに高くさびしくひびく。

東猿の「新口村《にのくちむら》」が出た。熟し切った語り口だ。しかし到底ほろび行きつつある芸術だ。それゆえに、一だんと淋しさのあわれが深い。ハインクやエルマンに崇伏し、ヴェトーべ《ママ》ンやワグネルのレコードをあさる今の私をしばらく離れて、十余年前、死んだ兄の大学生時代に、私は被布《ひふ》の下へ袴をまき上げ、若竹の素行や、昇之助を夢中で一緒に聞きにゆきした、あの頃の私にかえったのか……孫右衛門と梅川の会話のあたりで、涙がしきりに流れる。恥かしいので毛のショールをぐっと眼のふちまで持ち上げる。とうてい私はろまんちすと。だが、それだって構わない。

私の死んだお舅《とう》さんは孫右衛門の様な熱情家ではない。だが、ほんとうに単純な可憐な品の好いお爺さんだった。お姑さんが傍から、あんなに私を悪く云っても、それにまかされながら私の顔を見ると、すっかり忘れて、私に可愛ゆいことをたくさん仰った。その記憶があればこそ、私のことを世間にふれてあるくお姑さんの嘘なでたらめも、知らない顔で許してあげてあるのだ。だが、昔は、あんな幼稚なお姑さんにいじめられて蔭でしくしく泣いた私だった。やっぱり梅川時代の様なお嫁さんであった。自分の涙に酔ったり慰められたり単純な「辛がりや」であった私の方が幸福だったかもしれない……こんな心持ちが寄席を出てからも続く。徳田秋江という人を思い出す。ほっと心が調子を低めてわびしがる時、いつもあの人を思い出す。

あんないや味のないわけ識《し》りの苦労の身についた伯父さんが、一人あれば好い。その代り時々お金を借りられはしないかな。だがまた不意に柄の好い反物《たんもの》などどこかの旅から買って来て、ふいに投げ出して呉れたりするかもしれない。

主人。小さんを写生した日本綴《とじ》の帳面を一冊さげて歩く。沈んだ水の様に澄んだ顔。

七日《ママ》。

朝寝の床で眼をさます。昨夜の感傷がまだ残って居るのか、まだ眼の底が熱い。よくよく考えれば、やっぱり実家への悩みが交《まじ》って居るのだ。済まないと思う。こちらのお姑さんのことさえ堪えて居るのにあのくらいな不平をなぜあちらへ云ったりしたか。やっぱり私があちらに価値をみとめるから面と向うのだ。愛するからこそ、泣いたり愚痴を云ったりする——一たい私の過去に徴《ちょう》しても愛する者をよけい傷《きず》つけるのが私の性癖ではないか。それは許さるべくしかし決して宜いことではない。私は、今の仏法の修業がもっと成就するまでは、誰にも一さい逢うまいか。うちの者とは仕方がないが。面壁九年……それほどでなくても六七年もかかったら、もっと玲瓏《れいろう》として来るだろう。

八日《ママ》。

庭の女竹さむざむと露霜を散らす。薄いひとえの皮が、節毎《ふしごと》にほろほろと涙の様に落ちこぼれる。

九日《ママ》。

夜。主人の弟子X氏。酒を呑む。平生《へいぜい》私の談《はなし》にいいかげんな相槌《あいづち》をうって居たのが皆わかる。誤解だらけな不平やら忠告を持ち出す。教育あり、かなり芸術の理解あると、気をゆるしてつき合ったことが悔いられる。静に聞いて居れば大がい分る人なのだが、この人は他の話を落ち付いて聞いて居る上品な愛が他に対してかけて居るのだ。「奥さんに小さんが分るたあ」と感心した様な顔したのは生意気だ。

「本当の田舎者には本当の東京者が分る」と私の亡兄を書いた谷崎潤一郎氏の偉いことはこんな比較になりはしないか……ひとりでしゃべってひとりで見当違いして居て「どうだい盲従はしないぞ」と威張る。だれが盲従を強いたか。一たい主人は一人だって無理に自分の弟子なぞにはしない。強《た》ってと申し込んで許された者ばかりだ。その人達がいつか家庭へ這入って来て、私の顔色を見る。うるさいと思う時もあるけれど、主人に対して我慢する。如才なく談《はな》しかけるから談す時もある。聞かれるから答えもする。引さらう様に用事も手伝うから手伝っても貰う。それが皆、主人の弟子達に対する親愛の道だと思ったからだ。だがこんなこと云うのを見れば平生もうすうす感じて居たとおりやっぱり、私への追従《ついしょう》だったのだ。「主人の漫画を解せぬは不心得だ」とがなる。解するも解せぬも好きもきらいも私の勝手だ。

私は主人が漫画の大家だから嫁したのでは無かった。私は主人が美術学校洋画家《ママ》の美少年の時来たのだ。主人が漫画家になった時、私は失望した。だが、そのくらいな失望が解かれない因縁が二人を結んで居るのだ。その因縁ばかりに、主人が将来盗犯で投獄され世間的不名誉がどんなに重大に私の上にかかろうとも離反すまじい固い因縁であることを信ずる。

私は主人の玲瓏たる人格を愛している。それ故、一時は失望したにせよ、主人の人格から流露するものをやがて私が愛し得るのは当然である。一々喋々《ちょうちょう》せずとも、それは私の心内に深く蔵する黙契である。他から酔いの紛《まぎ》れに強いられるより先《さ》きに、私は主人の漫画をとくに尊重している。たまたま主人に一層の精進をすすめたとて、「主人の漫画を解せず僭越《せんえつ》なり」と昨今の弟子X氏にわめかるる理由にはならない。

棟梁の家の者になる様な資格は、私には無い。姐《ねえ》さん株になって、弟子達を呑んでかかる様な器量は無い。気むずかしやのわからずやで通して、弟子達のシャレ交りの蔭口の種子となろう。抗弁もせず干渉もせず、せっせと一人で書くことを勉強しよう。

十二日。

主人留守。

過失……過失……またしてもこの過失……。私の自分に対する誇りも信頼も、根柢《こんてい》からくつがえして仕舞うこの過失……自分より外誰も知らないこの過失が私の抱負も希望もみなくつがえす……」

梅・肉体・梅

私が舞踊を習おうと思い立ったのは極《ご》くあっさりした考えからだった。詩へ盛り余った気分を、踊りで晴らしたらさっぱりするかも知れないと思ったからだ。

ところが私は東京の旧家の生れだった。東京の旧家では独習の芸事をすべて「あれは器用芸だ」と排斥した。師匠を取り型を習って、それから其の芸を働かすのなら「本物だ」と言った。

この気風が深く私に染まっているものだから、たった一人で部屋の中で踊る慰みには少し大げさな師匠取りとは思ったが、勧められるままにW先生に来て頂いた。

W先生は華冑界《かちゆうかい》出の子弟達でひところ芸術にはまり込んだあのサークルの一人であった。芸術家らしいヤクザを気取った仕草や言葉使いもあったが、然しそれと根の厳重に仕付けられ坊っちゃんの折目正しさとちぐはぐな調和があった。私はそこに安心と好みを感じて、先生の欧洲仕込みのダルクローズのいわれなぞ聞いた。先生はスポーツシャツになった私の肉体を医者のように調べた後、立上って気を付けの姿勢をして言った。

「いいお体です、仕込み甲斐《がい》のあるお体ですね」

そしてお河童頭《かっぱ》を丁寧に下げ、その時顔へざぶりと垂れ下った髪の毛を上体を立直すと同時にバウンドで頭の後へはね上げ返した。ちゃんとした元通りのお河童になる。先生は舞踊体操の一節を終ったあとのように何気ない真面目な顔をして瞳を遠い想像の地平線に向け二つ正しく据えている。私はその時先生の鞣皮《なめしがわ》色の青年の屈強な肉体の中に何かいじくね悪い病気と情熱とが籠《こも》っていそうな気配《けはい》をちらと感じた。ストーヴが強い温気を室内に籠らせ窓外の白梅がくっきりと眼についたのも覚えて居る。

稽古は梅の咲く頃から始まって翌年梅の咲く頃に終った。終ったというよりも私が振切ってやめてしまったと言う方が本当だ。稽古の酷《きび》しさに堪えられなくなったのだ。一体ダルクローズの舞踊基本体操というものがプロフェッショナルなもので、生やさしくはない上、先生の仕込み方はひどかった。筋肉と筋肉とを分けるのだといっては手足を自然以上に捻《ね》じ廻《まわ》したり、頸《くび》の胸鎖乳筋を摑んで鎖骨をメリッというほど引伸した。私は其の度《た》びにきゃあきゃあいって泣いた。けれども先生は許さず、「鏡でご覧なさい。あなたはまるで見違えるような身体になった」と鏡の前へ連れて行った。私はそれを見るとまた元気も出るような気がして辛抱に辛抱を重ねた。鏡の中に立つ私の肉体は、それは乙女でもあり青年でもあった。そして不思議なことは私が外へ出ると女の私に少女たちが引き付けられて飽かず眺め入る瞳を四方から熱く感ずるようになったことだ。

私が稽古を絶対にやめて先生を断ると、先生から一本の手紙が来た。それにはこう書いてあった。

僕は心臓が悪くてもう自分では踊れません。それであなたを誘惑して最も魅力ある踊り手に仕立て、私の代りに世間の娘共を魅了してやろうとたくらんだのです。その秘訣の一は女の肉体へ男の筋肉を盛り上らすことです。イサドラダンカンが私に云った理想もそれでした。けれどもあなたはもう稽古に来なくなりました。私の望みは破れたのです。仕方がない。私は心臓を庇《かば》いながら平凡な生活を享楽します。さようなら。

それから先生は地方へ行って、少女歌劇の練習師になると間も無く死んだ。私は素人の癖になまじ仕込まれた身体を持てあつかいながら、また今年も梅の咲く季節にめぐり遇う。

西行の愛読者——国文学一夕話《いっせきわ》

少女といっても、やや、物のあわれを知り初める年齢の頃、私は不思議な家へ半年ほど預けられた。老医の家であった。もう一角《ひとかど》の財産を作ってしまったと見え、西洋間の診療室に一通りの眼科の治療器具は備えてあったが、下町風の粋な邸門には、こまよせを置き、強いて患者を需《もと》める様子はなかった。

品のよい老夫婦は三四人の召使を使い、独逸《ドイツ》留学中の一人息子から来る短い便りと、万年青《おもと》の培養を楽しみに生きていた。

私が預けられた理由は眼の治療だった。腺病質の少女である私は、いくらか角膜炎の気があったので、ときどき眼科医にかかっていた。しかし、それだとて山の手の自宅から俥《くるま》で通えば済むことで何も医者の家へ預けられて朝夕手当を受けねばならぬほど急性でも重態でもなかった。だから預けられているうちも、食事のときなどに老医が食卓の向う側から、たまに私の顎《あご》に手を差し延べ、ちょっと仰向かして眼の様子を覗《のぞ》くぐらいが診察で、あとは微笑して言った。

「なに、たいしたことはない。癒《なお》る、癒る」

私の入れられた部屋は、うち蔵の前の、廊下の短い梯子段《はしご》を上った中二階であった。手入れの行き届いた庭の松、百日紅《さるすべり》、などの梢を越して、不忍池《しのばずのいけ》から五重の塔を持つ上野の森の一帯が見晴せた。寛永寺の鐘の音が、余りまともに響くので、鳴りそうな時間時間には、私は障子を閉めて防いだ。

うち蔵の中は、畳を敷いて小ぢんまりした座敷になっていた。そこは一人息子の勉強部屋だったとかで、青年の書斎らしく机や椅子や本箱のワニスが匂っていた。明り窓は小さかったが、モダンなファニシングが陰気を追払った。本が蔵の棚に一ぱい陳《なら》んでいた。私も本好きなので、この部屋へは自由に出入りさせてもらって時々読んだ。むしろ老夫婦には私が屡々《しばしば》この蔵書部屋へ入ることをひそかに悦《よろこ》ぶような気配があるのを、私は不思議にさえ感じた。私は万事、お客扱いか親戚の娘扱いであった。

頻《しき》りに書物を取出しているうち、何心ない私にも、これ等数多い書物のうち、西行に関する表題の書の一聯《いちれん》が特に持主に愛読された痕《あと》を頁《ページ》に黝《くろず》ましているのに気がつくようになった。人が、それほど魅着する書物と思うと、指痕のよごれが多少気味悪さを感じさせても、また、一種の軽い嫉《ねた》みと好奇心とで、つい頁をはぐってみた。斯《か》くして、西行に関しては山家集《さんかしゅう》以外に知らなかった私も、いつの間にか、この寂しい而《しか》も心は美に耽《ふけ》った漂泊の歌僧に考え入るようになった。

もっとも、少女程度の考えだから、極めて幼稚には違いないが、しかし、そのなかには、これほどの厭世詩人《えんせい》が身内の妻と子までを完全に宗教に引き入れて安心立命を計ってやった面倒のよさ、根《こん》のよさに、なお強い現世的の肉情が働いているのではあるまいか。また彼が遁世《とんせい》の前後にかけて宮仕えを辞した堀河の局《つぼね》への屢々なる歌のやり取りには、恋愛の変質したものが含んでいはしないか、そういった、少女にしては突込んだ観察も無いではなかった。しかしあまり早熟《ませ》た考えだと自分でも顔が赭《あか》くなった。

歌僧に就いて考え入るにつれ、この歌僧に異常な関心を持つらしいこの家の一人息子に就いて考え及ぶのは自然であった。この息子は医科大学を出て独逸へは医学の修業に行っているというだけに、息子とこの歌僧との関係はいよいよ不思議を増した。その不思議と私の寄寓と何となく縁のあるように思えて、今までは、ただ信ずる母親や兄の言うままにぼんやりこの家へ寄寓している自分に就いてあらためて確かな理由を突き止めずにはいられなくなって来た。

そのうち、留学中の一人息子は病死したのであった。老医夫婦の狼狽《ろうばい》のうちに私は急に家へ帰りたくなって退院した。そして、私の何だか訳の判らぬような寄寓に就いて母に訊《たず》ねたとき、母親はしみじみとしながら言った。

「もう訳を訊かなくてもいいし、あの家へ行かなくてもいいのだよ」

私は尚更判らない。兄にくどく訊いた。兄も眼をしばたたきながら言った。

「君はいつか一人で不忍の橋を渡ってたとき、丁度、僕ともう一人連立ってた青年とに出会ったことがあったろう。あの青年があすこの家の一人息子さ。つまり君が好きになって、若《も》し出来たら留学中に家に預っといて、自分が帰るまでに、すっかり居ついて貰って、お嫁になるのが嫌なら妹にでもなって貰いたいと大変な執心だったからね」

兄は尚、言《げん》を次いで言った。

「うちじゃ、まだこどもの君をあんまり賛成しなかったんだが、余り一生懸命に頼まれるし、それに君の眼も悪かったのでね、まあ兎《と》も角《かく》、あすこへ入院させてみたのさ。あの男は寂しい奴だった。無理に家業の医者にはさせられたがもともと医者には向かない。非現実の男で一高時代から厭世哲学ばかり研究していたよ」

こんな意味のことを兄は少女の私に判り易い言葉で云ってきかせた。

愚なる（?!）母の散文詩

わたしは今、お化粧をせっせとして居ます。

きょうは恋人のためにではありません。

あたしの息子太郎のためにです。

わたしの太郎は十四になりました。

そして、自分の女性に対する美の認識についてそろそろ云々《うんぬん》するようになりました。

太郎の為にも、わたしはお化粧をしなくてはなりません。太郎が、いまにいくら美しい恋人を持つとしても、ママが汚なくては悲観するでしょう。そういう日の来ない先から、わたしはせっせとお化粧します。きょうは恋人の為にではありません。太郎の為に未来のずっと未来までも、美くしいママであり度いお仕度《したく》の為にせっせとお化粧のお稽古です。いまに美くしい恋人を持っても、つい傍のママが汚なくては太郎も悲観せざるを得ないでしょう。美しい恋人に美くしいママ、それでなければ、太郎の幸福は完全でないでしょう。現在だとて、きょうの今にも太郎は学校から帰ります。お菓子をもらうより先きに太郎はママを見ます。その時、太郎の眼にママが綺麗《きれい》でなかったら――わたしはお化粧をします。今日は恋人の為にではありません。

わたしは学びます。唐《から》うたを、やまと言葉をフランス語を。そして知ろうとします、哲学を宗教を。また絵を文学を、音楽を味います。きょうのそれらは単にわたしの慾求や嗜好ではありません。太郎のママは優れた思想や感覚を持たねばなりません。わたしは学びます。唐うたを、やまと言葉をフランス語を。そして知ろうとします哲学を宗教を。また絵を文学を音楽を味います。それゆえ太郎の着物の綻《ほころ》びも縫うてやるひまがありません。太郎は、ぶつぶつ云って居るようです。しかし、いまに御らんなさい。太郎はやがて、唐うたを、やまと言葉をフランス語を学び、そして哲学を宗教を知ることによってよき思想を持ち絵や文学や音楽を味って充分感覚の洗練されたそのようなママを持ち得るでしょう。太郎は、綻びの着物の前をかき合せながら、そのようなママを持ち得たプライドに満ちて幸福でしょう。

今日からお金もうけを始め度いのです。わたしの下手な詩でも買って下さい。

わたしはお金をもうけて、恋人に香《にお》いの好い煙草一箱買おうとするのでもありません。また、わたしのドレス一枚買おう為めでもありませんよ。

当てて御覧なさい。当りませんか。

やっぱり太郎に就いてですよ。ですが、年頃の男の子にあまりお金をやってはよくありません。わたしは貯めて置くのですよ。お金は麻のハンカチへ一包、二包。それから古い革手袋や、昔はやったお高祖《こそ》ずきんの布っ片《きれ》にしっかりくって。そして、決して決して太郎には見せません。

わたしは遣《や》るのです。そのお金でいまに太郎の美くしいお嫁に着物を買ってやるのです……太郎はどこからかきっと美くしいお嫁さんを連れて来ましょう……そのお嫁さんは、ひょっとするときつい意地悪るかもしれません。

それでもわたしはきれいな着物を買ってやります。太郎は美くしい着物を着たお嫁さんをまた一だんと好みましょうから。お嫁さんが、わたしをいじめるお嫁さんでもおかまいなし、わたしは太郎のよろこびのために、そのお嫁さんに美くしい着物を買ってやります。

ですから、わたしは今日からお金を貯めなければなりません。

わたしの下手な詩でも買って下さい。わたしが香の好い煙草一箱恋人に買おうとでもすることですか、またドレス一枚わたしの為に買おうとするのでもありませんよ。

みんな太郎の為に……太郎の美くしいお嫁さんに着物を買うため麻のハンカチ古い革手袋、昔はやったお高祖ずきんの布っ片へ、そっと貯めて置こうとするお金なんです。

母さんの好きなお嫁

坊ちゃん、お前は、いつその巴里《パリ》からかあさんところへ帰って来るか、分らないだろうね、わたしにだっていつお前をこちらへ帰してよいか早くかえって来いという親の私情以外には分りはしない。

思えば、お前を育てる間、殊にお前がものごころづいてから一度でも私はお前の望むことをいけないといい得たであろうか。お前の欲しいものをやらないとしりぞけ得たであろうか。甘い親、時には馬鹿な親、とまで人にもお前にも定評を得てしまった。お蔭でお前は世間にかけひきがなくて困るほど、ひねくれ無い子に育った。そして無邪気が過ぎてませてさえ見えるようなことを時々いう子だった。お前が洋行前の十八の時だったか、お前が誰か大勢集った時、宜い親、甘い親、勿体《もったい》ない親を持ったことを其処《そこ》で誰かにいわれ、そしてどういう恩返しをこの親にしますかといわれた時、お前は真面目でいって大笑いされたことがあったね。

――だからさ、僕がかあさんの好きなお嫁を貰えば随分の恩返しになりますよ。

私はおなかを抱えて皆と一緒に笑いました。が、実は私の眼のなかには真剣ににじんだ涙がありました。子に対する、有難いとか嬉しいとかいう小感情ばかりでなく、親が、うっかり子に暴威を振《ふる》いそうになる時、思わず自分を戒める厳粛な涙だったのかもしれません。

坊ちゃん、有がとう、私はあの時お前が真面目でいって人に笑われたので更にびっくりしたお前の顔を忘れない。あの時の記憶を持ち得ただけでもお前を子として得た甲斐がある気がします。私という親は子に対してあまり寡欲であると考える事があるけれども。

あの言葉だけで宜いのよ。あの言葉を貰っただけで私は私の好きなお嫁をお前はいつでも持っていることを感じ得られるのよ。つまり、お前が好きなお嫁こそ、私が好きなお嫁――否《いな》私が嫌いなお嫁だってお前が好きなお嫁なら好いと今度は私の方からお前の私に対するあの時の好意の御返礼がしたいのだよ。

西洋に長く居れば普通日本に住む青年とは趣味も境遇も違うものだものね。お前の環境とお前の特殊な趣味に合ったお嫁さんをお貰いね。誰だって、何者だって、何処《どこ》のどんな人だってかまいませんともさ。世間には自分が勝手でこんな棲《す》み憎《にく》い浮世に子をば生み出して置き乍ら、それを不憫とも思わないで尚《なお》、やれ偉くなれとか、やれ親の気にいった嫁をとれとか慾ばった望みを子に掛けててん然として恥《はじ》ない親があるのが不思議だ。

ね。どんなお嫁さんでも気にいったら直ぐお貰い。蒼い眼の痩せぎすの娘でも、ふとった金髪の別嬪《べっぴん》さんでも、それともいじけた屋根裏のちび子でも――でもひょっとかしておとなしい綺麗な日本の娘さんが欲しいのならかあさん直ぐでも探し始めます。お前も一度そのために日本へ帰って来たらどうです。

［アンケート集］

余の文章が始めて活字となりし時

（一）高等小学三年生で十三歳の初夏「小学世界」という雑誌少年募集欄の書翰文の選に入ったのが始めて私の文字が活字になった時であります。

（二）その時の感想などはっきり覚えていませんが、その頃亡兄が「少年世界」に投書して居ましたので兄と仲好《なかよし》の私はただ兄と同じことをしたということに稚《おさな》い興味と満足を覚えた様です。

若し婦人が政治に参加することが出来たら

左の如き性質の事項が議会に請願出来得るものとせば、

一有夫の女性が他の男性と性的関係を生じたる場合法律上犯罪として取扱わるると同等有妻の男性が他の女性（勿論売女をも含む）と性的関係を生じたる場合にも右様の処刑を適用され度き事。

最も楽しかった・悲しかった幼時の思い出

一、七歳の春、始めて母の里方に連れて行かれる途中、すみれ、たんぽぽ、しどめ、など咲き乱れたる山路を、赤き結い付け草履《ぞうり》にて越したる時の思い出。
二、愛犬「クマ」が獰猛《どうもう》なる男達に襲われし時の事。

私の処女時代

学びたる跡見女学校の紫の袴の色と、故郷多摩河原の月見草の淡黄色。

私の望む男子

性行顔貌ともに、秀麗明敏なるに一味の哀愁沈鬱を調せるもの。
外貌の実例としては彫刻家ミケルアンゼロ作ダビデの像を挙げたく、実在として示したきは横浜在住露国モスクワのピアニスト、サメエルサメトニック氏。

髪は何日目にお洗いですか

一、三週間に一回ほど　（お髪洗《ぐしあら》いの回数）
二、マダム洗粉《あらいこ》　（御髪洗料の品名）

三、本場椿油　（御髪油の品名）

良人《おっと》が若し不品行をしたなら……？

泣くかもしれません。怒るかもしれません。或《あるい》は案外無関心かもしれません。どういう態度を採るべきか、その場合になって見なければ、はっきり分りません。良人の不品行から圧迫された妻の感情がやるせなさにやむなく不品行の方へ逃げて行ったのなら、或程度まで許さるべきでしょう。

死後の世界は有るか無いか

一、有りと観ずれば有り、無しと観ずればなし　（死後の世界は有りと思わるるか、無しと思わるるか。）

二、生死一如　（その理由は——。）

村居の頃

村居の頃の旧八月一日前後には必ず大暴風雨があった。洪水がきまってそのあとから来る——村外の大河がとうとうと溢《あふ》れて堤を切る。村内の危急を知らせる太鼓の音、蓑笠《みのがさ》で村境を守り行く村民達。

村の憂慮が天候と共にからりと晴れ渡る夕方頃、初秋の蟬《せみ》がうら淋しく裏の樹立《こだ》ちで鳴き出す。褐赤色の夕陽《ゆうひ》がくわっと射して荒れた庭に押し倒された大輪の向日葵《ひまわり》の黄金色をわびしく照らす――。

わが家の家宝？

殊に家宝というものはありません。家族のものが一人々々大切にして居るものがあってそれでも強いてそう名づければ家宝と云えるでしょうが――私のは水晶の観世音《かんぜおん》体です。

配偶者を何と呼びますか

一、『カチボッチャン』。何のことですかと訊いてもただニヤニヤ笑うだけ、一向解りません。でも人様に対しては、そうも言えないと見えて、『女史』と申しております の。
二、子供と同じに『パパ』。

歴史上の好きな人物

一、聖徳太子
一、聖徳太子は大乗仏教精神を身心によく体得発揮せられた。即ち対社会的には当時の支那大陸文化の輸入を図られ、以て産業治生の一大社会事業を遂行せられ、且《かつ》、洽《あまね》く民心の訓育に適切な手段を講ぜられたのであるが、そのように日夜多忙の御身を以て、常に御自身の心の浄化をも怠ることなく、夢殿などに籠って思念を凝らされた。誠に床《ゆか》しい御態度であった。

世には自分の事や自家の事はまるきり顧みないで他人の世話ばかり焼いて一時は人々から慈父の如く尊敬され得意になっている人がある。又、反対に他人の事は少しもかまわず、自分だけを良くしようとしている人がある。何《い》ずれも偏《かたよ》った態度である。両方をよくする事は難かしい。而も聖徳太子はこれをなさった。実に完全無欠な人格者であった。私は日頃、太子を崇拝している。崇拝は好みの最上である。

私の夢の傑作

大雪原の真只中《まつただなか》にとうとうと大河が流れていました。イカダがどんどん流れて行きました。私はその上に一人乗っていました。その私は真裸の美丈夫でした。

印象に残る今年の映画

一、今年一月か二月に帝劇に出ましたデュヴィヴィエの「白き処女地」。

一、特異なカナダの開拓地の自然描写というに適応する逞《たく》ましい人々の生命の躍動と、あわれな乙女の恋物語によって展開された手堅いリリカルな好作品でありました。

母の立場から――「初潮の娘」をどう導いているか

私は娘をもちませんので私と私の母との間の経験でお話しましょう。

○真晒《まさらし》や、初潮の娘に裂きにけり

これは明治初頭頃関東で有名な俳人であった人の娘――私の母の句です。この句のなかの娘はかの子私です。私は、その頃から今日まであらゆる文化的処置を教えられても浄《きよ》らかなさらしもそれを裂いて母の愛情の手につくられ教えられた処置しかしりません。でも私は何等《なんら》病的な災厄《さいやく》をうけません。

岡本かの子 Ⅱ 紀行文など

黙って坐《すわ》る時

わたくしは黙って坐る。部屋が水色の衣を装い始める夜のあけがた、大地に健康な足音のする昼まえ、厨《くりや》が紅茶の匂いで寛ぎ渡る午後の三時半、たそがれ、真夜中——わたくしは時を定めず黙って坐る。それは座禅と云《い》い切るものではない。また静座と称《とな》えるところのものでもない。わたくしは一人でただ黙って坐る。

その時、わたくしの命が、本当の生活をするのである。沈黙の絶対の広い野原に、わたくしの命が、たくましき胸を張って、如何《いか》に自由に馳せめぐる事よ！

人は、語って語り得ぬ悩みを残す事がある。笑ってますます寂しさを増す事がある。愛して愛の歪みを作ることがある。わたくしが一人で、黙って坐る時、内部のすべてが充《み》たされ、すべてが正しく行われる。沈黙の不思議のうちに——。

一番かなしいことは、動いて「生」の神秘を減ずることである。生の神秘を失った人間は造花のように干《かわ》いて居る。一人で黙って坐る時、生の神秘の水嵩《みずかさ》が盛り上る。

けれども、平俗の幸福から逃れ出て、あの沈黙の厳しく正しい顔と向い合う事は、いつでも怖ろしい寒い気がする。それを敢《あえ》てするにはその都度《つど》非常な勇気が要る。けれどもわたくしは黙って坐る。部屋が水色の衣を装い始める夜あけがた、大地に健康な足音のする昼前、午後に、たそがれに、真夜中に――。

跣足《はだし》礼讃

聖フランシスコのはだしの像や、一遍上人のはだしの像を見て、私もそっとはだしになって見たくなった。否《いな》、それよりも春の土の青味がかって来た色が、より多く私をはだしに誘ったのかも知れないが――。

冬の足袋を脱がされて私の丸い足は先《ま》ずよろこぶ。皮膚は空気を爽かに吸う。外気のなかでのびのびと五つの足指は遊び跳《はね》る。五人のこどものように、互違いに。笑ってはいけない。女というものには、足の指ひとつにさえ日頃は遠慮という鉄環が嵌《は》められて居るのである。前褄《まえづま》を押えて足の尖《さき》から縁を滑り降りた。いつも待ち受けて居る荒緒の庭下駄が意外な顔をする。

梅の樹の株まで五歩。その五歩が何という広い世界に感じられる事であろう。何という力強い世界に感じられることであろう。私が地を踏むで居るのではない。地が私を支え上げて呉《く》れて居るのだ。どれ程の底から支え上げて呉れて居るのか、その深さは推しはかられない——。春の土は、面に和毛《にこげ》のような柔かい草を揃えて一歩々々私の足裏の肉付きをいたわり受けて呉れる。その肌触りのきめの濃《こま》やかさ、満月のもちいのようである。土に立つものにして始めて謙《へりくだ》る心の慈味を知り得る。土の冷たさは心焔《しんえん》を消して呉れる。暫《しばら》く誰も見て呉れるな。私はいつまでもはだしのままで春の土の上に佇《たたず》んで居たい。

島へ遣わしの状

朝食の後自分の部屋の窓辺に坐り、午前の仕事に取りかかる前、しばらく寛いで朝の庭に心を遊ばせる。

琥珀《こはく》色の陽《ひ》は満地に降り立ち、その中に在る形の影は、丁度《ちょうど》琥珀のなかに斑《ふ》の泛《うか》ぶようである。

うつらうつらと、ものなつかしき心が湧く。然《しか》しそれは、人間の誰彼とか、また神仏に対する歎慕《たんぼ》の情ではない。ただ、なつかしき心あり、その心の対照になるものを見付け難きもどかしさのなつかしさである――。

栂《とが》の尾《お》の明恵《みょうえ》上人は、禅定《ぜんじょう》に特に秀で、浴舎の軒に棲《す》む雀の子が蛇に呑まれるのを、母屋の炉辺に在って感知したほど、五感が純敏清浄に保たれた聖《ひじり》である。この聖がかつて棲んだ紀伊苅磨《かるま》という島へ状を遣わされた逸話がある。島の人に手紙をやるのではない。島そのものに手紙をつけるのである。で、使の者が届《とどけ》ように困るというと『只《ただ》苅磨の島の中にて栂の尾の明恵上人の許《もと》よりの文にて候《そうろう》と、高らかに喚《よば》りて打捨て帰り給《たま》え』と命じた。
その手紙はまず島に対し久濶《きゆうかつ》を叙し、それから華厳の法理に従って島自体が既に悟りの境界である由を懇《ねんごろ》に開示した大慈大悲の説文であった。が手紙の末段になっては磯の風情、大桜の好もしさに対してほとんど肉人に対する程の恋慕の情を運んで居る。

× × ×

人間は誰でも時々、島へ手紙を遣わしたくなるであろう――。

毛皮の難

あれ程好きだった犬を私は近来無暗《むやみ》に怖がる。私の此《こ》の犬怖がりは、私がアフリカ土人から犬の細工毛皮を野獣の毛皮として誤魔化して買わされた事から始まる。外遊の途上、欧洲航路の日本郵船が印度《インド》洋を渡り、紅海を突き進んでスエズ運河の入口スエズ港に着いた時、南北に起伏する緑樹一木も見出せぬ、赭土《あかつち》色のアフリカやアラビア大陸の突端を眺めて、何かしら原始的な野蕃《やばん》性の物の存在を待ち望む気持ちにかられていた。その時私は不意に船中へ乗り込んで来たアフリカ土人が、私の鼻先《はなさ》きへ突き出した野獣の毛皮に驚かされた。

幾らで買う幾らで買うと、せき立てられるのに気がついて、其《そ》れが商品だと解ると、一体これは何の毛皮だろうと考えて見た。又其の土人にも尋ねても見た。然し変な英語の返事ではただ砂漠に棲息《せいそく》する獣の毛皮だとばかりで、詳しく解らなかった。それより「幾ら幾ら」と値を付ける事をせがむので、つい幾らか負けさせた値で買ってしまった。其れは一坪程の大きさの金茶色の地に、所々黒点があって美事《みごと》なものだった。私は船室の長椅子の上へ展《ひろ》げて長い間、見入っていた。此の毛皮の獣がアフリカの砂漠を馳駆《ちく》する光景をも想像して見た。

×

×

ロンドンに居ついてから間もなく私はスエズで買った此の毛皮を外套《がいとう》にしようと近所の小綺麗《こぎれい》な裁縫屋へ仕立てに持って行った。裁縫屋のマダムはその毛皮を手に取って大変に珍らしい美事なものだといった。これはファーでなくてスキンだといった。傍に畏《かしこ》まっていた助手娘と互に手で引き展げて感に打たれたように見とれていた。三度程仮縫い調べをして三週間後にマダムから電話で出来上ったと知らせて来たので受取りに行った。マダムは「こんな毛皮は珍らしく初めてなので針を沢山折りましたよ」などとお世辞とも不平とも解らぬ言葉を述べた。私は早速此の外套を着てロンドンの下町へ買物に出かけた。ストランド街で私は一匹の小犬に尾行《つけ》られているのを知った。間もなく通りがかりの五六匹の大小種類の違った犬共が私の周りを取り囲んでクンクン唸《うな》り出した。私は其等《それら》の犬が私の外套の裾《すそ》ばかりでなく私の足まで噛み付く気配を感じあやうく卒倒しそうにさえなった。私は日本ならぬ英国で「誰か来て下さい」と日本語で救いを求める。犬の飼主達が二三人駈《か》け付けて引き離して呉れた。異常な緊張の後全身は脱力してしまって軽い頭痛まで伴う状態に置かれた。

×　　×

私は暫らく其処《そこ》に呆然と立ち続けた。其の日の帰りの地下鉄で又も犬に驚かされた。丁度車内に席がなくて私は釣革にぶら下っていた。と、私の少し離れた所に腰かけて居た老女の脚下に眠っていた大きな飼犬——ロンドンでは飼犬を車内へ連れ込む事は大目に見遁《みの》がしてある——がムックリ起き上り近寄って狙い定めて私に来るではないか。周りの異国の人達の注目の中に在って私は流石《さすが》に無気味な恐ろしさに悲鳴を上げるのを堪《こら》えていたが、私の足の周りをその巨大な胴体の犬がクンクンとあまりしつこく嗅ぎ廻《まわ》って止めないので遂々《とうとう》先刻受けた絶体絶命のような危険感と、ロンドン犬に胡散臭《うさんくさ》がられる口惜《くや》しさに「ア！」と私は大声を出してしまった。あわてた飼主の老女がひた詫びに詫びながら直《す》ぐその犬を引張って行ったが、振り向き離れて行く犬を私は恐怖と憎しみで身を顫《ふる》わせながら見送っていた。其の後も度々その毛皮を着て歩いて公園や街路で犬に付き纏《まと》われて、すっかり犬に懲りてしまったが偶々《たまたま》ロンドンの仮住居を訪れて呉れた日本の人達に話した処《ところ》、実は其の毛皮が数匹の大きな犬の毛皮を連《つな》ぎ合せ、細工した誤間化《ごまか》し物だということがわかった。而《そ》してロンドンの霧の湿気でむれて、犬の毛皮本来の臭いを発散させるようになったので犬と同類と間違えられつき纏わられたものであろうといわれて大笑いになったのだが、事実よく嗅ぐとその毛皮の外套は犬の体臭のような臭いがした。不愉快になった私は其の外套をトランクの中へ投げ込んでしまい、二度と見ないようにしたがなお気になるので、ほどいて敷皮にしてしまった。だが犬に対する恐怖は私の心の底から消えなかった。

× ×

其の後作ったのは普通の毛皮の外套だったが、日本ではまだ着ている人も少ないので山の手の狭い人通りのない横町などの門前にいた可愛い小犬が懐かしそうに尾を振って近寄って来るのを、別段気に留めずにいるうちに、其の犬の態度が段々変って眼を異様に光らせて唸り出すので始めて自分の外套の毛皮が斯《こ》ういう外套を見馴れぬ日本の犬に何か獰猛《どうもう》な敵対獣にでも見えるのかと気付いて不意の恐怖に震え上った事も度々あった。それから或日帰朝挨拶に出かけた時のことだった。郊外の知人の家へ漸《よう》やくたどり付いて玄関へ入った時、私は其処に起き上った大きなむく犬を見付けた。私は其の時毛皮の外套を着てはいなかったが、私の潜在意識のうちに在る犬に対する日頃の恐怖心が私をかりたてて、私は手に携えてた外国土産を式台の上へ放り出すや否や、あたふたと其処から逃げ出してしまった。私の後から其の家の夫人か女中さんが何か呼びかけているようであったが、私はどうしても引返す気になれなかった。帰宅後、直ぐに言訳《いいわ》けを書いて送ったが先方からはそれ以来何んの返事もない。それどころか、先方は大変に怒って居るのを其の知人の友達から聞いた。

「洋行する前に送別会を催し、愈々《いよいよ》出発の際は東京駅まで見送ってやったのに、帰朝したら自分や妻を嫌がって玄関先きへ土産物を投げ込んで逃げて行った」と其の知人はいっているそうだ。

これまでほかに犬に因《よ》って起った色々の不如意な場合や、あれ程好きだった犬に恐怖を持たなければならなくなった此頃《このごろ》の自分の事を思うと、心がいささか憂鬱《ゆううつ》になる。

異国食餌《しょくじ》抄

夕食前の小半時《こはんとき》、巴里《パリ》のキャフェのテラスは特別に混雑する。一日の仕事が一段落ついて、今少しすれば食慾三昧《しょくよくざんまい》の時が来る。それまでに心身の緊張をほぐし、徐《おもむ》ろに食慾に呼びかける時間なのだ。どのテーブルにもアペリチーフの杯を前にした男女が仲間とお喋りするか、煙草《たばこ》の煙を輪に吹きながら往来を眺めたりしている。フランス人特有の身振の多い饒舌《じょうぜつ》の中にも、この時許《ばか》りはどこかに長閑《のどか》さがある。アペリチーフは食慾を呼び覚ます酒――男は大抵エメラルド・グリーンのペルノーを、女は真紅のベルモットを好む。新鮮な色彩が眼に、芳醇な香が鼻に、ほろ苦い味が舌に孰《いず》れも魅力を恣《ほしいまま》にする。

午後七時になるとレストラントの扉が一斉に開く。誰が決めたか知らない食道法律が、この時までフランス人の胃腑《いのふ》に休息を命じている。

フランス人は世界中で一番食べ意地の張った国民である。一日の中で食事の時間を何より大切な時間と考えている。傍で見ていると、何とも云えず幸福そうに見える。それは味覚の世界に陶酔している姿に見える。恐らく大革命の騒ぎの最中でも、世界大戦の混乱と動揺の中でも、食事の時だけはこういう態度を持ち続けたであろう。

巴里のレストラントを一軒一軒食べ歩くなら、半生かかっても全部廻れないと人は云っている。いくらか誇張的な言葉かとも聞えるが、或《あるい》は本当かも知れない。日本では震災後、東京に飲食店が夥《おびただ》しく殖《ふ》えたが、それは飲食店開業が一番手早くて、どうにかやって行けるからだと聞いた。然し巴里のレストラントの数は東京の比ではない。それは東京に於《お》けるような経済的理由からではなくて、もっと他に深い理由がありはしないだろうか。兎に角《かく》中流以下のレストラントには必ず何人かの常客がいて、毎日同じテーブルに同時間に同じ顔を見ることが出来る。私のような外国人でも二三日続けて行くと「あなたのナプキンを決めましょうか」と聞く。ナプキンを決めておけば食事毎《ごと》にその洗濯代として二十五サンチームぐらいの小銭を支払わなくても済むからである。

ルクサンブルグ公園にある上院の正門の筋向いにあって、議場の討論に胃腑を空にした上院議員の連中が自動車に乗る面倒もなく直ぐ駈けつけることの出来るレストラン・フォワイヨ、マデレンのくろずんだ巨大な寺院を背景として一日中自動車の洪水が渦巻いているプラス・ド・マデレンの一隅にクラシックな品位を保って慎ましく存在するレストラン・ラルウ、そこから程遠くないグラン・ブールヴァルの裏にある魚料理で名を売っているレストラン・プルニエール、セーヌ河を距《へだ》ててノートルダムの尖塔《せんとう》の見える鴨料理のツールダルジャン等一流の料理屋から、テーブルの脚が妙にガタつき縁のかけたちぐはぐの皿に曲ったフォークで一食五フラン（約四十銭）ぐらいの安料理を食べさせる場末のレストランまで数えたてたら、巴里のレストラントは一体何千軒あるか判らない。

牛の脊髄のスープと云ったような食通を無上に喜ばせる洒落《しやれ》た種類の料理を食べさせる一流の料理店から葱《ねぎ》のスープを食べさせる安料理屋に至るまで、巴里の料理は値段相当のうまさを持っている。たとえ、一皿二フランの肉の料理でも、十分に食慾と味覚は満足させてくれる。

所謂《いわゆる》美食に飽きた食通がうまいものを探すのは中流の料理屋に於てである。巴里の料理屋にはどこにも必ずその家の特別料理《スペシャリテ》と称するものが二三種類ある。美食探険家はこういう中流料理屋のスペシャリテの中に思わぬ味を探し当てることがあるという。

巴里に行った人で一度はレストラン・エスカルゴの扉を排しないものはないであろう。エスカルゴとは蝸牛《かたつむり》のことで、レストラン・エスカルゴは蝸牛料理で知られている店である。この店も一流料理屋の列に当然加わるべき資格を持っている。

一体蝸牛は形そのものが余りいい感じのものではない。而《しか》もその肉は非常にこわくて弾力性に富んでいる。これを食べるには余程の勇気がいる。フランス人に云わせれば牡蠣《かき》だって形は感じのいいものではない。ただ牡蠣は水中に住み、蝸牛は地中に住んでいるだけの相違だ。人間が新しい食物に馴れるまでには蝸牛に対するのと同じ気味悪さを経験したに違いないと主張する。云われて見ればそうかも知れないが、日本人にとっては無気味此の上《うえ》もないものである。

蝸牛はどれでもこれでも食べられるのではなくて、レストラン・エスカルゴ等で食べさせるのはブルゴーニュという地方で産するものである。この地方に産するものが一番旨《うま》いものとされている。

食用蝸牛の養殖は一寸《ちよつと》面倒な事業だそうである。その養殖場には日蔭《ひかげ》をつくるための樹林と湿気を呼ぶ苔《こけ》とが必要である。市場に売り出すものは子供でなくてはならないので、一年に一度子供を親から別居させなければならない。そして蝸牛の需要は秋から冬にかけてであるため、その頃になると蝸牛は土の中にもぐってしまうから、養殖者は丁度芋を掘るように木の棒で掘り出さなければならない。掘り出したものは何度も何度も洗ったり泥を吐かせたりしなければならぬ。寒い季節になると巴里の魚屋の店頭にはこうして産地から来た蝸牛が籠の中を這い廻っている。

蝸牛料理はまだ一種類しかない。それは蝸牛の肉を茹でて軟かくしたものを上等のバタと細かく刻んだ薄荷《ハツカ》とをこね合せたものと一緒にして殻に詰めるだけのことである。然しこの簡単な料理にもなかなか熟練を要するという。蝸牛の季節には巴里のレストラントのメニユウには大抵それが載っている。或る養殖家の話では巴里で一年に食べられる蝸牛の数は約七千万匹で、それを積み重ねると巴里の凱旋門よりも高くなるというから大したものである。

蛙を食べ始めたのもフランス人だと聞いた。食用蛙は近来日本でも養殖されるが、本場のフランスに於てさえまだなかなか普遍的な食物とはなっていないようだ。その点から云えば蛙より蝸牛の方が遥かに優っている。蛙料理は上等のバタでフライにしてトマトケチャップをかけて食べる。上等のバタを使うので、出来上りがねっとりしていて些《いささ》か無気味に感ぜられる。蛙は寧《むし》ろラードのようなものでからりと揚げた方があっさりしていてよくはないだろうか。

蛙や蝸牛などのグロテスクなものを薄気味悪い思いをしてまで食べなくとも、巴里には甘《うま》い料理がいくらもある。

ラングストと云っている大きな蝦《えび》の味は忘れかねる。これは地中海で獲れる蝦で、塩茹にしてマヨネーズソースをつけて食べる。伊勢蝦よりもっと味が細かい。芝蝦より稍々《やや》大きいラングスチンと呼ぶ蝦は鋏《はさみ》を持っている。鋏を持っている蝦は一寸形が変っていて変だが、これがまたなかなかうまい。殊《こと》にオリーブ油で日本式の天麩羅《てんぷら》にするといい。

日本は四方海に囲まれているから海の幸は利用し尽している筈《はず》だが、たった一つフランスに負けていることがある。それは烏貝《からすがい》がフランス程普遍的な食物になっていないことだ。日本では海水浴場の岩角にこの烏貝が群《むらが》っていて、うっかり踏付けて足の裏を切らないよう用心しなければならない。あんなに沢山ある貝が食べられないものかと子供の時によく考えたことだが、それがフランスへ行って、始めて子供の時の不審を解決することが出来た。烏貝はフランス語でムールと云う。このムールのスープは冬の夜など夜更《よふか》しして少し空服《ママ》を感じた時食べると一等いい。

日本に始めて渡来した西洋料理がポークカツレツ――通称トンカツであったかどうかは知らないが、西洋にいても日本人はよくこのトンカツを食べたがる。ところがこのトンカツなるものが西洋の何処《どこ》へ行っても一向見当らないので失望する人が多い。イギリスのレストラントへ行ってメニュウを探して見るとポークカツレツというのがあるから、喜んで注文するとそれはわれわれの予期するカツレツではなくて日本の所謂ポークチャップであった。トンカツは英語と考えている人があると見える。倫敦《ロンドン》で会った人の話に、その人もトンカツを英語とばかり思っていたので、レストラントへ行ってトンカツレツをくれと云ったがどうしても通じないで非常に弱ったそうだ。

トンカツに巡り会わない日本人はようやくその代用品を見つけて、衣を着た肉の揚物に対する執着を充たすだけで我慢しなければならぬ。それは犢《こうし》の肉のカツレツである。フランスではコトレツ・ミラネーズと云い、ドイツではウインナー・シュニッツレルと云う。フランス人はその名の示すようにこの料理を伊太利《イタリー》ミラノのコトレツと考え、ドイツ人は墺太利《オーストリー》の首府ウイーンの料理と考えているらしい。差当ってこの両都市で本家争を起すべきである。コトレッツ・ミラネーズとウインナー・シュニッツレルの異るところは前者は伊太利風のマカロニかスパゲチを付け合せとして居り、後者が馬鈴薯《ばれいしよ》を主な付け合せとしていることで、そこに両本家の特色を表わしている。

雪の日

伯林《ベルリン》カイザー街の古い大アパートに棲んで居た冬のことです。外には雪が降りに降っていました。内では天井に大煙突の抜けているストーヴでどんどん薪《まき》をくべていました。電車の地響と自動車の笛の音ばかりで、街には犬も声を立てて居ない、積雪に静まり返った真昼時でした。玄関の扉をはげしく叩く音——この降るのに誰がまあ、」と思いながら扉を開くと、どやどやと三人ばかり入って来たのは青年、壮年、老年を混ぜて三人の労働者達でした。

——わたし達、室内電線を修繕しに来ました。」にこやかなものです。だしぬけなので一寸驚いた私も、直ぐ気を取り直して奥の方へ案内しました。私は伯林へ来るなり(私が伯林へはいったのは、その夏の始めでした)伯林の労働者に好感を持ったのでした。彼等の多くは実に無邪気で明るい。トラックの上にかたまって乗っている労働者達が異国人の私達に笑いかけながら手を振って通り過ぎる情景などに幾度接したかわかりませんでした。で、機会のある毎に私達は、この勤労生活を善意に受けている可憐な人々に好意を見せ、かりにも他国人らしい警戒の素振りなど見せたことはありませんでした。その労働者達の服装も一見むさぐるしいが、よく見ればやはり独逸《ドイツ》人の克明な清潔さがはっきり見えます。——即ち彼等の妻や娘らによって、よく洗濯されてあり、よく継ぎはぎされてあります。

電線修繕の仕事が終りました。外はまだどんどん雪の降っているのが窓から見えます。労働者達は私が毛皮の敷物をすすめると素直にその上へ坐り、ストーヴにあたり始めました。生憎《あいにく》二三日来風邪をひいて居て女中は欠勤して居りました。主人はずっと向うの部屋で日本の新聞へ送る画を描き耽《ふけ》って居りました。私は一人でお茶を沸かして彼等にすすめました。

——煙草をあげましょうか、日本のたばこ。」

と私は主人の居る方へ敷島でも採りに行こうかと立ちかかりました。するとそのなかの壮年の方が

——煙草はいりません。その代り日本のお嬢さん(西洋人には東洋人の年齢がわかりにくいのです)あなた日本の歌を唱って聴かせて下さい。」

——日本でも歌をうたいますかね、お嬢さん。」

と老人が如何にももの軟らかに尋ねる。私は坐り直して彼等の申出を直ぐ聞き届けてや

りました。私はみんなに眼を瞑《つむ》って居て貰《もら》って、カチューシャを声を顫わせない日本流に唱った。すると青年の方が、それは露西亜《ロシア》風だと言った。流石音楽国の独逸人だと感心しました。それから私は今度は純日本の歌だと証明して置いて「どんと、どんとどんと、濤《なみ》乗り越えて――」(『出船の港』作詞：時雨音羽 作曲：中山晋平)を唱った。すると壮年の方はまた言いました。

――それはお嬢さん、男の学生風の歌ですね。私のお望みするのは、日本の女の……つまりお嬢さん方が平生《へいぜい》おうたいになる歌です。」

ああそうかと、私は心にうなずいて今度は尚々《なおなお》、単純な声調で、
さくら、さくら、弥生《やよい》の空は、見渡す限り。かすみか雲か、においぞ出づる。いざや、いざや、見に行かん。

と唄って聞かせた。彼等は嬉《よろこ》んで立上った。何という上品で甘やかなメロデーだと賞《ほ》めそやしました。「仲間にも話して聞かせる」と御礼を言いながら工事道具を肩にかけた。そしてひとしく雪のどんどん降りしきる窓の外に眼をやりながら玄関の扉の方へ出て行った。と、
今迄《いままで》無口だった青年が立ちどまって更《あら》めて私に懇願の眼を向けました。

――切手を、日本の郵便切手を一枚下さい。世界中のを集めています。」

と言うのでありました。激しい労働生活で節くれ立った彼の愛すべき掌《てのひら》へ、私は故国から来た親愛なる手紙の封書の切手を何枚もはがして乗せてやりました。

私の散歩道

周期的ではあるが毎朝続けて起き抜けに散歩に出掛ける。散歩道は大抵静かな屋敷町を選む。私の散歩は無暗と歩き廻るのではない。通りすがりに道の両側に建ち並ぶ家々や邸宅の建築様式表門の構え、前庭横庭の木石《ぼくせき》の配置——それは純日本式、和洋折衷《せっちゅう》式、英国式、フランス式、独逸式等、要するに印度や支那式を除けば殆《ほとん》ど近代世界建築様式のサンプルを並べたような町筋——などを一々真向いに立向って観察しながら行くのだから、普通の散歩と違って余り健康に効果が無いかも知れぬ。

見物の為めの散歩なら毎日違った道筋を通るがよい。家の前から東へ向えば、直ぐとっつきが○家の大邸宅、邸内の立樹が緑の波のように朝風にどよめいている。そこから、自動車が楽にすれ違える程の広い道幅を持つ屋敷町が始まって直角に曲り曲り青山墓地の方へ抜けている。西へ向えば、電車通りを突切って又向うが静かな屋敷町、赤十字病院の方から渋谷駅の方まで大小の横町を持ちながらむかでのように延びている。又、家の勝手口から裏手に出ても上り下りの坂のある狭い通路が無数にある。

「今日はあの横丁を歩いて見よう。今日はあの白薔薇《ばら》の垣根のある家の前を久し振りで通って花の散った後の垣根の感じを観よう。あの建ちかけた和風西洋館はもう大部分出来上ったであろう。一月振りにそれを眺めるのも一興、今日は此の道を曲って行こう」

私の足はいろいろな期待にあやつられて毎日違った道順を歩いて行く。又、時には道筋を観察するよりも何か思索が頭に浮んで、考え事ばかりして歩く日もある。突飛に天文の事や生死の問題や、又、文学の事や知人の事など考えながら歩く。そんな時、私の足は自《おのずか》ら寂しい小路へ向う。

斯様《かよう》に私は不安なふらふらした散歩をするが、どうも途中で何処か一休みしなければ気が済まぬ。歩きづめで帰って来るのでは何だか胸につかえて不快だ。途中で一休みするのにわざわざ喫茶店や料理店でもあるまい。家では朝飯が支度《したく》されているのだし、それに私は静かな所で一休みしながら、往きの散歩中に見たり考えたりした事を自分独りで反芻《はんすう》したり、連れの者とも語り合って何か結論を付けてさっぱりして家に帰り度《た》いと思うので、そういう自分の気持ちに添う屈竟《くっきょう》な憩《いこ》い場所は、私の住居の近くでは寺院の境内か、周囲に可なり沢山在る墓地などである。で私は毎日毎日違った道順を選むが結局の行先きを近所の寺院か墓地を目当てにするのである。そこで一休みして、内心にわだかまったものを消化し尽して帰路につく。帰るとなると急に空腹が目覚める。それをぐっと堪《こら》えて通りがかりの八百屋か果物屋で新鮮な青物、果物を買い、一番の近道を採って真っしぐらに家に急ぐ、そうなってはもう散歩ではない。

私の散歩は往き道だけだ。

生活の方法を人形に学ぶ

アメリカから無言の使節が来る。ミスター・アメリカ、ミセス・アメリカと名付けられる六尺四寸の人形だ。

人形の使節は人間と同じように着換えの入ったトランクを持ち、航海船の乗客室を占め、日本へ着いたらホテルにもちゃんと泊る。

日本側は之に対し接伴役の男女を出す。矢張り無言の人形だ。斯《かく》て主客の人形は、手を携えて内地の旅途に上る。堂々たるスケジュールも発表されている。何しろ大事なお客である、怪我があってはならないと人形師がお医者となってつき添って行く。

この報道を読んで、何だか涙ぐましい微笑を感ずるのは私一人であろうか、私の中に残っている少女メンタリズムのためだろうか。いやそうではあるまい。今日のようなウルサイ時代にあっては案外同感者は多かろう。その証拠にはこの人形の来朝に対して起った勃《ぼっ》然《ぜん》たる世上の歓迎熱を見ても判る。

そしてその歓迎振りは義理やお勤めでは無く心から自然に湧き出たものなのが判る。恐らくどんな外交使節が来てもこれほど無条件な歓迎は受けまい。

今日は理論の多い時代だ。物をいえば引っかかりの多い時代だ。そこで無言は却《かえっ》て重要な表現形式となる。純粋な気持は却て無言で静かに行動で運ぶべきである。私たちは今日の生活方法を人形に学ぶべきものが多々あるように思う。

岡本かの子 Ⅲ 「母の手紙」抄

「滞欧中の書簡」より（昭和五年）

むす子はこのごろどうして暮して居るの。私はゆんべからすこしメランコリになって泣ぃてばかり居るのよ。慰めにってみんなが活動へ連れて行く処《ところ》なの、むす子のおばあさんである私の母をおもい出すのよ。武蔵野のね、野菜の浄らかに育つ処のね。死んだお母さんをおもぃ出すのよ。だってむす子はどうせパリジャンだし私は追憶ぐらぃしなきゃつまんないもの。

二十六日夕

二十七日朝、むす子はちゃきちゃきのパリジャンになりつつあるのだろうね。でもしょがないと今朝はあきらめ出したのよ。少し元気になったけどノドがいたくってかぜひぃたようなのよ。むす子を見たぃとおもうよ。でも英国って実に芸術的にはつまんない処で、あえて呼ぶ気にもなれないほど呼んでは気の毒なくらぃよ。思想的には少しは研究する点はあるけど。


漫画家の Keren と Derso に遇《あ》ったことよ。非常に好い人達よ。

RI氏はお前を面倒見て呉《く》れる？

根本は自分をたよりにしなければならないのよ。

目標をずっと高い所に置かれよ。

セザンヌにまだ感激して居ますか。こちらせいぜいけんやくして暮して居るが他人にはしわく（あまり）しない。おん身もその事その事。

★

夏のはじめ来られるかい？


太郎はどうして手紙をよこさないの。

おとうさんが気をくさらしてふさいでるのよ。ブジカなんと電報でもうとうかしらって。

パパはロンドンに来ているフランスの漫画家や批評家に大変ほめられて居るのですって。

それでその為には幸福らしく見うけられるけれど何だか淋しそうな時があるの。大方太郎が手紙をよこさないからでしょうよ。

すっかり洋服になっちまったの、私は。似合っても似合わなくっても自信を持つつもりよ。便利で前よりも十層倍も運動するしハウス・ウォークも出来るの。写真とって送りましょうかね。頭痛なんかちっともしませんよ。丘を十丁《ママ》もあるいて買物に出たり、毎日町へ出てあるかなければ気もちがわるくなるほど運動好きになった。

これはお前の手紙来ぬうち書いたものの書きかけなり

★

でも近所では私がおとなしくて品の好い日本人だとうわさしてる。方々でお茶に呼んで呉れます。

茲《ここ》はまったく好い処です。天然を利用した公園のなか冬だのに好い声の鳥など啼《な》いて居ます。

まだ日本へ一本も手紙など出せる余裕がありませんでした。今日からくらい出せます。苦労して下さい。苦労は人を偉くします。ただし下手に苦労すると狡《ずる》くなるしすれからしになる。其処《そこ》をうまくそうならないように苦労すべし。

今、私の着て居る服は上下で八円（ジャケツ）です。写真を誰かにとってもらって送ります。

私、英国のペンクラブ　K——という人が紹介して入れて呉れます。ゴルスワーシーな

ども居る会です、ゴルスワーシーはこのHampsteadに棲《す》んでます。まず万福、

太郎どの　　　　　　　　　　　　かの子

★

十月二日

この手紙見ても驚いてはいけない。
静に観読せられよ。
第一回の脳充血に見まわれた。
トキワ楼上で土よう日の夕方。

一時絶望。しかし観音を念じる念力によって死と戦い勝った。

静なる第二の生の曙《あけぼの》に眼覚めた。

四十近くまではともかく私の年頃になったら御身もそれ迄《まで》に地盤をかため置き静なる生活に入られよ、かならず。

今のうちよく勉強いたしおくべし。私も若いうちからよく堪《こら》えて境遇をつくっておいたから、今後の生活はいくらでも静に自然に出来る自信があります。安心せられよ。

トキワ楼上三晩滞在後ハムステッドにかえって二タ晩経過殊《こと》によろし。

（欄外に左の框《わく》を書いた中に）

（ナムアミダブツ）は唯一興奮性の御身に対するワガ贈もの

★

好い手紙をもらった。

まるっきりこの手紙をもらう為にお前を育てたと思われるほど好い手紙だ。

これは子が母へ対しての、そして人間が人間へ対しての最も好い好意と同情と愛情のこもった手紙です。

静ですよ、私の世界は今、そしてこの静けさの底にシンと落付いて居る力がある——もちろん磐石《ばんじゃく》のような形のものではない、むしろそんな毒々しい形をとらないきちんとしたつつましい白金のような力強い繊維の束です。

「この不幸を幸福なものにして下さい」とあなたは云《い》う。然《しか》り私から過剰な熱情を駆逐《くちく》して呉れるようなものでしょう、この病気は。

今朝はレイスイマサツをしました。座禅もずっと前よりたしかに行います。もしかすると却《かえ》って長生きが出来るかもしれない。新鮮なしっかりした女性になって長生きをしよう、そしてお前の生きて行くいろいろな経路も見られる——。

パパは適度な勤勉（私に世話をやかせるのは私の体に毒だと思う点から発生した）から流露する新鮮な精力のためにすっかり達者になりみずみずしくなった。

来月はいよいよパリへ——ですよ、太郎さん。

お前の知人で私の知っている人達によろしく。

でも来月うつる時分にあまり人にまわりに来て貰《もら》い度《た》くないの、今だってほとんど面会謝絶だもの、好いアパルトでも貸《ママ》りて落ちついてから皆さんとおだやかに遇おうよ。パリへ行くおみやげにスキヤキの鍋もって行きます。こっちに仏和ジテンありませんでしたから、日本の丸善へあつらえて上げました。

さらばお前の新鮮な自由な生活のなかで幸福におくらしなさい。

九月九日

かの子

太郎さん

「東京から巴里への書簡」より（昭和七年——十三年）

（ここでちょっとカチ*が書く）無事にかえったよ。お前の居ない家へね。お前の居ない家へだよ。そしてごはんたべたり便所へはいったりしているよ。洋服を着てるよ。上ぐつで日本のえんがわどんどんあるいてるよ。お前が居たら「この無作法者！」なんてどなるだろう。誰も太郎さんはと聞くよ。ぐっと胸がつまるのでそれに反抗して反身《そりみ》になっちまうよ。涙が出るから気どってごまかして、どうもかえりませんのでと前おきするよ。そのあとの説明は推察しなさい。パパおとなしいよ。いい子だよわり合いに、お前の事考えて時々ぼんやりしてるよ。そして二人でとしよりみたいに子の無いことの愚痴（グチ）を云うよ。察しなさいよ。

＊「カチ」とは岡本一平がかの子を呼んだ愛称のうちの一つ。（編集部注）

★

七月一日

えらくなんかならなくても宜《よ》い、と私情では思う。しかし、やっぱりえらくなるといいと思う。えらくならしてやり度いとおもう。えらくなくてはおいしいものもたべられないし、つまらぬ奴にはいばられるし、こんな世の中、えらくならなくても宜いような世の中だからどうせつまらない世の中だからえらくなって暮す方がいいと思う。

あんたやっぱり画かきになさい。画と定めて今から専念なさい。ほかになりようもないでしょう。年とるばかりだから。俳優もだめ、音楽家というわけでも無かろうし——ならばやっぱり画に専念なさい。でもね、この料簡《りょうけん》を一応持つと同時にまたほかの方面への関心を自分に宛て見て生活するのも宜《よろ》しかろう。

こちらはまだ梅雨があがらない。蚊の一粒なのが出た。ウチは二十五六の女中が二人、でも忙しくてなかなかまとまったものが出来ない。自分の書き度いものがはたして文壇にうけいれられるか疑問です。でもやり度いことをやって見ようと思います。

正直なおはなしだが、お前とおバアチャンの事を思うと、心にそまない仕事もしなくてはならない。自分の思うとおりの芸術的の仕事ばかり出来たらどんなに仕合《しあわ》せかとつくづく悲しくおもうこともあるけれど運命だと思ってなるたけその辺のカネ合いで仕事をして行くつもり。でもこの頃は頭にも大してさわらなくて自由に文章が書ける。ただ私はあまりウチッ子なので世間の大胆な女達と張り合って職業のため押しくらかえすくらしが辛い。

だが辛いと云ったとて仕方がない、お金でもうんとあって世間のいいかげんな所を相手にせず思う仕事ばかりして行けると云うのではなし、心をはげましはげましともかくやって行こう。幸《さいわい》、体が丈夫なので気をとりなおしてはまた次の生活をたてなおすことは出来る。お前の迷って居ることはよく分る。同じ芸術をやって居る以上迷いの苦しみがよく分れば分るほど、こちらも聞き乍《なが》ら苦しい。

だが私は思うのよ。製作の発表場所を与えられれば迷い乍らも一つの仕事を完成する、そして世に問うて見、自分に問うて見、また次の計劃《けいかく》がその仕事を土台にして生れる。そしている内にともかく道程がだんだん延びて次の道程の道程をつくる――でなければいつまでたっても空間に石を投げるようにあてがつかない。無に無が次いで遂につみ上ぐべき土台の石一つも積むことは出来ない。

手で働き乍ら心で考えることだ。そろそろサロンに出して見てはどうか。和田先生のオクサン先日見えられ、オカミさんという人をほめて、太郎さんも、ああいう方と知り合いになって置かれたらよい、太郎さんのおはなししとこうと云って居られた。先生は今度美校の校長になられた。

なるべく最近評判のよい（やはりフェミナ賞、ゴンクール賞を標準にして）小説戯曲を送って下さい。

でもこれは今でなくてもよいのよ賞（フェミナゴンクールの）が出た時でよいのよ。

去年の賞のね、堀口大学さんが訳してるわ。

六月二十二日

太　郎　さ　ん　　　か　の　子

(欄外に)

フジのキレイナ写真があったから送るわ。

★

七月十日

太　郎　さ　ん　　　か　の　子

日本の梅雨もようやくあけました。欧洲からかえっての初めての日本の暑さは身にこたえますと誰でもいいます。しかし夏は一方からいうと暑い方が夏らしくもある。

勉強してますか。パリでののびのび勉強して居られるうちは仕合せです。日本のセチ辛さ味気なさ、文学といえば大衆文芸ばかりがはばを利かせて居るし、オシのふとい人間ばかりが政界やその他の社会には押し出して居る。

ふかく考えればいやになるばかりだからどうやら、その日その日たのまれた仕事をして行って居ます。

人がうんとあまって居るので生活難の声がわんわんする。そのなかからともかく幾干《いくばく》の余裕と自分を支えるだけの稼ぎをするのは容易なことではない。いまにどうなる世の中かと不安になります。

欧洲が恋しくおもい出されます。またいつ行けるのやら恐らく二度とは行けないのでしょう。せめてお前（以下欠）

（欄外へ）

コチラオボンですよ。

和田先生のおくさん仰言《おつしや》るのよ「こんなに愛してるお母さんなんて無い。太郎さんはきっとエラクなる、ダラクなんか仕切れるもんですか、こんなお母さんを想えば——太郎さんにお母さんがやどって居ますもの」ってね。

★

タロどの　カノ
お前が展覧会へ出すに就《つい》ておとうさん大よろこびですよ。
よかれ、あしかれ、仕事を積み上げて行くんですね、空想や計劃ばかりでなく現実的にね。みとめられようがが《ママ》られまいがそれが動機で画が出来て行くものね。しかし、なるべく迎合しないようサロンに左右せられないもので出色《ママ》しなさい。とにかくピカソの精神がわかればあとは実行があるばかりです。

パパは勉強、且《かつ》、家中、むだづかいせず母も家事をうるさがらず、喰べ度いものなどもなるべくウチで女中達をべんたつしてつくって喰べ、そとでむだな費《ついえ》をせぬようにしてます。

乞安心。

★

太郎さん、封じたのはうちの縁先のスノコに置いてあるサフランの鉢の花よ。造花みたいでしょう。

私ね。あんたの為に今までことわってた仏教の雑誌に書くわ。あんたに教える為と思って、あんたに読ませる為に。

今までね、あんまり原理的なものはむずかしく読むまいと思ってたり、なまじっか新しく説いては邪道的でいやだと思ったり、まよっていたの。それにあんまりおまえを仏典ばかりにうずめても、とりちがえて、もし隠居みたいになってもいけないと思ったからよ。

遠く居てこっちのりょうけんわかんないで、あんまりへんなうらみかたするなヨ。

おまえ伊太利《イタリー》旅行したかあないかい？　今のうち行った方がよかないかい。ほんとうの処、こっちも随分びんぼうでその時その時の暮《くらし》は出来るけれど貯金なんかないんだよ。でも、私千円ばかり何かの時のたしに、持っているの。あんたが画風のきまり切っちまわない前に伊太利へ一度行くのが将来の為によいならそれやるよね。『私を愛する為にお前はキライナ勉強してるんだ』と思って私はこの頃お前が可愛そうで泣いてばかり居るよ。でもうれしくって家中でうれし泣きに秋の夜の火鉢をかこみ乍らおまえの手紙みたり新聞やあちらの通信見たりして噂したり話合ったりしてるの。

フランスでお前の方がこっちよりよっぽどうまいものたべてると思ってゆだんしてた。お腹こわしやしないかと思ったんだよ。それになかなか送るのもめんどうでこの間送ったけどアメ代より送り賃がよけいかかったよ。

うちお金はないけどそんなにみじめにくらしてないから安心しなさいよ。私、家庭料理を非常に気をつけて女中にやらせるので、お父さんも私たちを連出して外で食べる例の癖なくなったよ。お客もなるたけうちですますし、花もよく咲かせる。屋上は花の満開だよ。毎朝みんなで日光浴するの。夜はねお夕飯後、おとうさんは社へ仕事に、私は町に運動に出るの。日ようは西洋映画を帝劇へ見にゆくよ。

この間の日ようは「恋の小夜曲」*見たよ、スーレ・トア・ド・パリの主役の男の主役さ。私、中篇書き上げたよ。それからラジオ童話劇書いたよ。たっしゃで、勉強家で家庭を幸福にしてパパを仕合せに勉強させて上げてるよ。

トキドキオコルケド、ジキナオルヨ、私この頃は。

その他、うちの者はみんな仕合せだよ。女中達も可愛がってやってるし、太郎公が居ない一ヶ所の空虚を囲み合うそこに太郎公が居るように大がい思って居るのでしやわせだよ。でも居ない事を認識すると悲しくってしょがないからどうしても居るとガンバッて考えてるんだけど……居ないとはっきり認識した時は手ばなしで泣くんだやけにね。

お前もビンボーで可愛そうだね。ジャルダンデモードなんか送らないでも好いよね。ただなるたけ手紙おくれ、どんな喰物タベてる。朝のコーヒーはどうしてのんでるか、オヒルやおゆはんのことみんなしらせてね。

うちのうらの大がきが十幾つもナッタよ。
○栗も一升もコボレタよ毎朝この間中はクリヒロイさ。

太　郎　コ　へ

かのコより

おまえのそちらのお友達によろしく。

＊正しくは「幻の小夜曲」。（編集部注）

（柿の実の自画入）

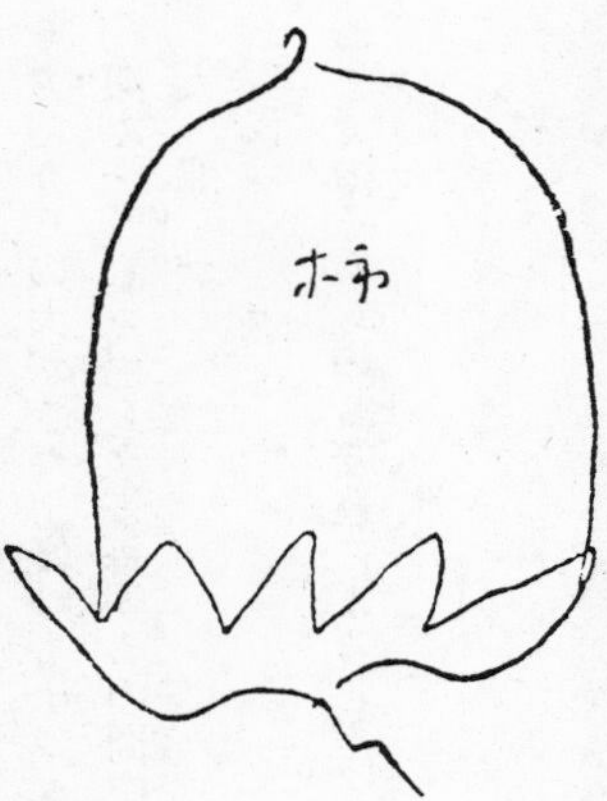

★

私、今秋あたりから小説家としての芽が出る機運に向いたらしいよ。

私今ナイヤガラの歌一聯《れん》の力作にかかってます。

ナニか思いついた画を（ソーテイになるようなのや挿画になるようなのを）すこしかいて送って呉れませんか、今から心がけておかなくては一寸《ちよつと》間に合わないから。

アンドレ・ジイドが転向したって？　ほんとうかしらいまごろ。

先日中大工いれたりして家はだんだんすみよくなるし家内も平和でしあわせに勉強してます。そしてまるで田舎の人のように質素なセンレンされたつましいくらしたててます。

避暑なんかにもゆかずうちの屋上に花もさき、池に金魚も居るし。

ツメタイ井戸水にお茶をつけとけば冷蔵庫なんかはいらないし、タッタヒトツの道楽は大和田で一円のウナドンとって一週に一度くらいたべる事です。行ってたべれば直《す》ぐ二十円もかかるのにこの日本第一のウナギ屋の近いところに居るのが幸福です。四人で四円で日本一のウナドンが一週一度ぐらいたべられるんだもの。

秋になればクリ拾い毎朝十粒ぐらい落ちてるよ。勝手の柿の木が育ってコレよりもっと大きなのが今年は五十もナッテよ。

マスナガというあんたの同級生あったでしょう、アノ人藤山一郎という名でビクター専属になってるわ、音楽学校時代からですって、学校も優等生でしたって、とても宜い声よ、上品で太くって、単純でいくらか甘くって藤原義江なんかより日本的な情緒で小唄うたいには好いようよ。

今小唄では日本一の人気ものらしいのよ、今度レコード送るわ。アンタとその人が普通部の小林さんのホコリですとさ。

★

太郎に、じかに逢い度くってもう手紙なんか書くのうんざりだ。じかに逢い度いんだよ。太郎を想うこころがのりうつるんだろうか、お前に似た青年や、年頃の男の人にこの頃親愛を感じて仕方がない。

多摩川の父、即ちお前のオジイサンがなくなられたんだよ。平凡な人だったが、インテリ気質のかなり敏感な神経をもって居た。なくなって見ると愛惜される方だった。しかし、教養がとうてい現代でないから教養的には談《はなし》も合わぬ、ただ人間的にやっぱり好い処があった。若い魂と上品な起居、昔のモダンボーイで可哀いところのある方だった。若いうちは大家の好男子の若旦那で、声も好い方だった。

私は、今頃、恋を感じて仕方がない。前に自分の書いた蓮月尼の芝居なんか見ると、いやにさとりすました女性が小憎らしくって仕方がない。けども間違いなんか重々ひき起さないさ。だって私のまわりには人間的にすばらしい愛が満ち満ちてるもの。ただ胸をいためて、一人で泣いてるくらいさ。かりに恋をするとしてもいとも大丈夫な恋をするさ。

（目下何等《なんら》の実現はなし）

純文芸の小説なんかどんどん書けば恋はひとりでにそのなかに滲透《しんとう》するさ。

お前のこの間呉れた手紙すばらしいよ。私は芸術家だから芸術の神にぬかずけば好いんだよ。だが大乗仏教はそれさえみとめて呉れるんだよ。芸術に奉仕する時は、仏が芸術の神になって呉れるのだよ。この点ジイドのひねくっているカソリックの神なんかとすっかりちがうんだよ大乗仏教は。

一月二十三日（昭和九年）

太郎へ

かの子

★

十月二十一日（昭和九年）

太郎、日本も寒くなったよ。夏の終りから書きづめで、大変な生活だったよ。タンセキ（胆石）という病気も一度したよ。加賀金沢へも講演に行ったよ。本が三冊出たよ、月末にはまた一冊出るよ。来月にまた一冊。仏教界の大スターだよ、世間に注目されほめられもするがタチの悪いのにヤジられたりゴシップで悪口タタかれたりするよ。ともかく人気者になっちゃった。

これからいろいろやるよ。来月はまた京都に講演に行くよ。十二月の東京劇場には、「菊五郎一座」で「阿難《あなん》と呪術師の娘」が上演される。太郎が日本に居たらなあと思うきれいな芝居が出来よう。花柳宗家や高田せい子のふりつけ、菊五郎のシャクソン（釈尊）と揃うのだから。

M――一家は実にコーカツだ。あんなものに使われるな、普通につき合ってお置き。しかし馬鹿なんだから力んで怒るがものはないよ。いいかげんにあしらってやりなさい。

ローレンスは野暮だけれど真身に沁みてしんけんだ。ニセガネツカイ（贋金遣い）の作者はりこうだがりこうが鼻につく、理智の筆先はうまい。だがローレンスは永遠につながる詠嘆と詩がある。エロはあの人の体質の余映にすぎない。そんな処ばかりめにつけてるのは安価なスケベイ人だ。その奥のものを見よ、感ぜよ。

★

（昭和十年）

久しぶりで手紙をもらってうれしくよみました。かつ、有がたく言々を読んだ。

お前のいうこと、殊に私の心象作物に対して云うこと、みなもっともだ。

しかし、普通のもっとも以上に私のもっともがこの頃私に存在して居るのだ。お前のもっともはうなずき乍ら私のもっともはそれ以上に超然として居るのだ。

私は幸福だと思う。私に仏智の働くこと頓《とみ》に加わったとでも云おうか。私は何物をも肯定する。何物も恐れぬ。私のプチブル趣味さえも恐れぬ。それが実在で私にあり、私の対照の一人にでも迎えられる以上。そしてもしそれが真に私の近親お前に嫌われ嫌われることによって私がまたそれを嫌いそれより脱し得られる時機が来るものなら来るであろうし――私の著書などというものは私の体臭、あるいは汗のようなものだ。心身の体内、汚臭、香気、みな出《い》でつくせよという気もちで書き、それをそのままとめたものだ。ふり返って見ようともしない。見てひはんして居るときかえって自己マンネリズムにおちいる。楽しく公平に人間、或《あるい》は世間を見て行く、そして自分の情感思想をとり扱って生きて行く。その余は何をかたくらみ希求しよう。仏が全部を見て居て呉れるのだ。それだけで宜いのだ。私は楽しく（苦しみさえも楽しんで）生きて死んで行きさえすれば好いのだ。私はいくらか大人になった。児《こ》どもとすればすてきなりこうな児どもになった。私の仏智を余けい体得したことで家中仕合せになった。父君も非常な勉強家になった。

感情的でなしに必要上にもお前に逢って見度い。お前のこの後の生活の方針についても話して見たい。それにしてもお金がなければ、お金がほしいとおもう。

日本は今、厳冬の真盛り、ときどき家内に病人があっても風邪ぐらいです。

私の仕事は華やかでもお金はあまりもうからない。このごろお金をほしく思い出しました。ウチなんかももっとつくり変えたいし、旅行ぐらい時々したいし、などとね。

フランスで最近文壇のこと一番よくわかる雑誌なんというの。私一番ほしいのは本ですよ。この頃読書についての便宜が出来たので。

たっしゃで、マンドロンの七階に暮して下さい。も一度私達も外国へ行きたい気もちは充分あります。何にしてても体をたっしゃにして置かなければではまた。

太郎様　　　　かの子

手紙はなるたけ度々おくれ、生活のこともぃろんなことどんなつまらぬこと、でも書ぃて来てほしぃ。

★

太郎はこの頃すこしも手紙をよこさなぃね。この間画の写真帖がとどぃたけど。

このごろは気がゆるんでしまって、太郎にかえって来てもらおうかと思ぃ出してしまったの。よそへ行けば仲よぃ親子を見るし、うちで何かして居ても、もう世間慾《よく》や名誉心はあんまりなくなり、内面的に楽しく暮らし度ぃのは、時々けんかしても一緒に芸術をたのしんだり一緒にびんぼうしたりする方がぃいものね。一生懸命はたらいても何たのしみにくらしてるんだか分らなくなったよ。

このまま五年十年も別れてりゃ君は三十歳にもなってよその人みたぃになるしナア。日吉台へうちたてて君あすこに棲んで、どうだね。オヨメナンカもらわなくても宜ぃよ。無理にそんなことは云わなぃよ。日本に棲むだけで結構さ。君どう？　今日はこれでおしまぃ。

★

タロサン　ボク　あんまり手紙書かなくなったろ、ひまもだんだんナクなるんだけどボクはだんだんタロサンをタクサン愛し出したんじゃないかな。だって、手紙書き出すと、にわかに、アレコレと書き出し度いことがむらがり出して、忙しい気もちむかむかしていやんなって途中でやめちまう。タローへ書きかけの手紙ホゴがドッサリ机のまわりにころがってる。

考えてみればタローはもうおやじさんみたいな大人だろ。大人に手紙かくのちょっとハズカシーイな。親子テンドーという形さ。

ボクはこの頃新進作家。あのね、文学賞もらったよ。文壇にセンセーションを起した一作をものしたさ。だけど太郎、ボクは新進作家のうちから大家の風格をもってる作品を書くタチだよ。ママがこんな自慢して来ると横光氏にはなしてごらん。

ナニシロ手紙でかけないことでタローにはなし度いことがあんまり多くって手紙書いているのがいまいましいよ。

タローのこと思ってフルエたり、ニヤニヤしたり、ときどきヒトリオドッタリ、泣くこともあるけど……ボクは先頃タノマレテ、九州から北海道まで講演して歩いたよ。そのとき思ったね。太郎をつれて一度日本国内旅行をして見度いと。

太郎はちっぽけな二十の青年と思ってるのにセリグマンは立派な大人だと幾度も幾度もセツメイした。太郎はどんな大人になったの、一寸見度いナ、オヤジみたいになったかい？

え？　一寸ノゾイテ見たいナ。

アンマリビンボーシテ、サモシイ大人ノオヤジニナルナ、あんまり酒のんで病身になるナ。

横光さん、樋口さん、山岡さんによろしくね。

手紙あげようと思うけど何をかいてよいかわからないさ、「云わぬは云うにまさりけり」と云って頂戴《ちようだい》。でもそのうち何かかくよ。

セリグマンにいろいろなインチキ青年どもがたからなかったら我々はもっともっともてなせるヒマも心のゆとりもあったのさ、たとえばカブキへつれて行く日もひそかにきまってたし、こちらの芸術家の大家やタチの好い若者達にも遇わせるつもり、ウチの日本間でゴチソウもするつもりだったのに……この事伝えたまえ。

伊丹さん半年ばかりして行くよ。伊丹さんは君の悪童時代の中学時代をまもって呉れた先生だから大切にしナ。

ボクの小説「母子叙情」が十月の雑誌に出るんだぜ。

オトウサン、タッシャ、クイシンボウ、でも少食になられた。好イオヤジー、他みなたつしゃ、われらのよき人生のミチヅレなり。

★

太郎。私たちはほんとうにお前に手紙を書かないね。書かないでも好いような気持になれてこの地上にたった一人離れている最愛の者が在ることを静に想っていられるようになったにもよるのだね。だが、も一つ原因がある。私が最後の目的である純文芸小説に熱中し出したからでもあります。お前は喜んで呉れるだろうか。

私はとにかく日本の文壇の或る特殊な女流作家としてみとめられ始めた。「鶴は病みき」というのが評判となり、引つづいて出た小説も評判がよく、今度第一短篇小説集が出る。出版社では私自身の装幀《そうてい》をのぞみ、自序と共に今日それらも出来上った。お前に見せて好い本の一冊が先《ま》ず出来上りそうです。以後の作によって今後はもっと好い創作集が出来上ろう。今度のはまだまだ習作だ。とにかく第一集出版が出来るまで家中熱中していてあ――そうそうついセリグマンにも御ぶさたしちまった。やっぱり外国語で手紙書きにくいからでもあるね。どうぞよろしく云って呉れたまえ。

この次の小説集は君の画でかざり度いとおもってます。

オサケ。あんまり呑むと血圧が高くなるから養生して長生きしておくれよね。

「東京から巴里への書簡」より

太郎はなんと愛らしき太郎であるよ。しかも尊敬すべき太郎である事よ。わが子乍ら時々芸術では師のようにさえ感ずる。立派な芸術家をたった一人子に持てる女性のほこりとよろこびと幸福をしみじみ感じる。


（上欄の余白へ）

この手紙出そうとおもっている処へお前の方から手紙が来ました。

お金のどうしてもいる処へ出なければなりませんね。おとうさまに話してみます。そしてまた送金をいくらかでも早めてあげましょう。


（別の余白欄へ）

あなたの手紙の字ね、もすこしていねいに書きなさいよ。気が落ちつかないとめちゃくちゃな字なんか書くしめちゃくちゃな字なんか書きつけると気もちが粗雑になるわ。

太郎はほんとうに来年の秋かえって来る気なの。本当の処云いなさいよ。

★

九月十二日（昭和十三年）

太　郎　へ　　　　　　　　　　　　ハ　ハ　よ　り

太郎さんの喜んで貧乏しますという手紙を見て昨夜から私は泣き続けているのです。お前はやっぱりそんな可愛《かわ》ゆいしおらしい素朴な子だったのね。この私の可愛らしい可哀そうな性質をうけた子だったのね。かわいそうでかわいそうで、私の身を刺し殺して仕舞い度いほども嬉しい悲しい自分の子の正体を見たものよね。

太郎さん　辛棒して貧乏してそちらにおおよそ暮したら日本へ帰って来て傍で我ままして暮して下さい。

★

あなたに沢山かいた手紙をもっているけれどなんだかもう送らないでも気が済んだからやめます。

あなたの写真たくさん見て私もうつしてあげる気になった。写真の方がきれいかもしれないが、大たい近頃はこんな風です。髪のうしろはきったなりむすんでいません。でも小説かくとはげしい精神労働だから肉体にも影響してあなたがかえって来るころはまた違っているかもしれません。あなたは髪の毛がすこし薄くなりはしない？

この写真の批評して下さい。
今庭にダリアが花火でもあがっているように咲いています。

解説（有吉佐和子）

宮内淳子（日本近代文学研究者）

有吉佐和子は、日本の近代文学の主流だった私小説とは距離を置いた作家で、さまざまな題材を用い、ストーリーで引きつける小説を書いた。『三婆《さんばば》』（昭和三十六年）、『香華《こうげ》』（昭和三十七年）、『華岡青洲の妻』（昭和四十二年）、『真砂屋《まなごや》お峰』（昭和四十九年）などは、小説で読まれただけでなく、舞台になって、今も繰り返し上演されている。

また、人種差別や〈戦争花嫁〉の問題を取り上げた『非色《ひしょく》』（昭和三十九年）、離島に起きた射爆場移転問題を通して日米安全保障条約を考える『海暗《うみくら》』（昭和四十三年）、認知症の高齢者の介護問題を扱った『恍惚《こうこつ》の人』（昭和四十七年）、権力闘争のために存在を踏みにじられた女性が主人公の『和宮様御留《かずのみやさまおとめ》』（昭和五十三年）など、社会性の高いものも書いている。しかし、声高にメッセージを突き付けるのではなく、話の展開に引き込まれて読み進むうちに問題のありどころに気付く、といった作りになっている。

有吉はこうして多くの読者を得、それに応える旺盛な創作活動を見せたが、残された小説の数に比して随筆はあまり多くない。これには理由があった。「地唄」が昭和三十一年一月号の「文學界」に新人賞候補として掲載されたとき、有吉は二十四歳であった。ときはちょうど日本の高度経済成長期の始まりで、週刊誌の創刊が続き、テレビも普及しつつあった。当時は若い女性作家が少なかったこともあり、有吉はすぐマスコミの寵児《ちょうじ》となった。本書の「有吉佐和子I　二十代の随筆」にある随筆は、この時期に求められて雑誌に掲載されたものである。中には、華やかなデビューをした有吉に対する、必ずしも好意的なものばかりではない周囲の反応を苦い思いで書きとめた随筆もある。有吉は、大正デモクラシーの中で育った開明的な両親のもと、のびのびと育てられた。その真っ直《す》ぐな言動は、旧来の価値観に馴染《なじ》んだ人々から誤解されるもととなっていたようだ。なぜこうなのか？　と彼女は考え始める。少数派の視点から世界を捉え直す小説を書く、という姿勢は、この体験から育まれた。

生前唯一の随筆集である『ずいひつ』（新制社、昭和三十三年）が刊行された翌年、有吉はニューヨークのサラ・ローレンス・カレッジに留学した。留学を決めた理由のひとつに、売れっ子作家生活に疲れての日本脱出願望があった。のちにこの時期のことを、「当時の有吉佐和子という名前には、なんの実体もなかったのである。空洞のマネキン人形に世間が着せているけばけばしいドレスを認めたとき、私はようやく慄然《りつぜん》として、ああ私は何者だろうと激しく自分に問い訊《ただ》した」（「ああ十年！」、『われらの文学15』講談社、昭和四十一年）と振り返っている。そして、「一年間の外国留学を終えて日本に帰ってきたとき、私はかたくかたく決意をしていた。それは小説を書くということであった。言葉を換えて言えば、小説以外のことはするまいという決意であった」（「不要能力の退化」、「新潮」昭和四十三年一月）とあるように、長編小説の執筆に専念するため、それ以外の仕事は極力避けようとした。避けたい仕事の中に、随筆の執筆も含まれていたのである。

しかし、演劇関係の仕事には積極的に取り組んでいた。小説執筆と違い、総合芸術としての演劇の場合、共同作業が求められる。有吉は、社会経験を積まないうちに若くして作家となったことを意識し、人との関わりが求められる演劇の仕事を大切に思っていた。そうした意味では、ルポルタージュも同じであった。一九七〇年代以後は、有吉の中でルポルタージュの占める割合が増えてくる。

＊

「有吉佐和子Ⅱ　ルポルタージュ」は、『女二人のニューギニア』（朝日新聞社、昭和四十四年）と、『日本の島々、昔と今。』（集英社、昭和五十六年）の抄録である。

昭和四十三年の二月から、有吉はカンボジア、インドネシア、ニューギニアを旅し、四月に帰国した。行く前に書いた「日記」（「風景」昭和四十三年三月）には、「畑中幸子さんから『本当に来る気か』という三度目の念押しである。『凄いところよ！』などと書いてある。凄くたってなんだって私は出かけることにきめているのだ」とある。続けて、その意気込みの理由を、「どこでも行きたいんだ、私は。足腰の立つうちに、地球はどこの隅でも見残しておいてはならないという気がする」としている。この旺盛な好奇心は、いつか見聞したものを小説に役立てよう、という作家魂の表れでもあった。また、父親が横浜正金銀行に勤務していた関係で少女時代をジャワ（現、インドネシア）のバタビア（現、ジャカルタ）、スラバヤで過ごした有吉には、ときに日本を出て海外で息継ぎをする必要があったようだ。

畑中幸子は文化人類学者で、このときすでに、東京大学大学院社会学研究科博士課程在籍中にポリネシアで行なったフィールドワークを基にした『南太平洋の環礁にて』（岩波新書、昭和四十二年）という著書があった。こうしたフィールドワークのプロが「凄いところよ！」と警告していたのだから、現地の状況は有吉の想像をはるかに超えていた。その顛末《てんまつ》は、ユーモアをまじえて『女二人のニューギニア』に描かれている。四月に帰国した有吉はマラリアを発症し、六月まで入院した。

『日本の島々、昔と今。』では、①焼尻島《やぎしりとう》・天《て》売島《うりとう》、②種子島、③屋久島、④福江島、⑤対馬、⑥波照間《はてるま》島、⑦与那国《よなぐに》島、⑧隠岐、⑨竹島、⑩父島、⑪択捉《エトロフ》・国後《クナシリ》・色丹《シコタン》・歯舞《ハボマイ》、⑫尖閣《せんかく》列島、と回って、島の人々と交流し話し合ったことを軽妙な会話で綴《つづ》りつつ、綿密な調査で背景を埋めている。有吉の離島への関心は、ルポ「『姥捨《おばすて》島』を訪ねて」（「婦人公論」昭和三十三年九月）以来のものである。本書には、この中から父島のルポ「遥か太平洋上に」が収められている。

『日本の島々、昔と今。』が刊行されるにあたって、「すばる」（昭和五十六年七月）に、有吉佐和子と深田祐介の対談「ノンフィクションのおもしろさ」が掲載された。ここで有吉は、「離島というと何となくうらさびしいイメージがありますから、時代の現実から切り離されたところだというアプローチになるだろうと思ってたら、意外にもオイル・ショックを直接受けているというのでね、これはもう現代そのものが書けるなと思った」と発言している。これは連載一回目の焼尻島・天売島の現地取材をした後の手ごたえである。有吉が取材を始めた昭和五十四年八月は、第二次石油ショックから半年ほどしか経っていない時期だった。

また、焼尻島・天売島の章には、「日本は島国で、大陸の国々の国境紛争について理解することが出来ない日本人が多かったのだが、二百カイリや大陸棚などの主張が出てくると、海は国境になったと言っていいのだろう。日本にとって、今や海は国境だ」と書かれている。昭和五十二年（一九七七）に施行された領海法と漁業水域に関する暫定措置法により、排他的経済水域（経済的な主権がおよぶ水域）、いわゆる二百海里問題が浮上した。世界各地で、領海の線引をめぐる紛争が起きた。現在も未解決のところが多く、日本でも領海をめぐる政治問題が、近年ますます緊迫している。

一方、ルポは、離れた陸と陸とを結んできた海の歴史も追っていて、近代国民国家の単位でものごとを考える癖のある我々からすると、ひどく意外な交流の諸相を示してくれる。それは、父島の歴史にも、如実《にょじつ》に現れていた。

有吉佐和子の小説は読みやすいので物語の型に沿った小説と思われがちだが、娯楽性は備えつつも、実は意外な着眼点から小説を展開させている。少数派であるがゆえに見落とされてきたものを取り上げよう、としてきた作家なのであり、この姿勢は離島を取材する眼にもつながっていた。農業国だった日本において、漁業が取り上げられる機会は農業より少なかった。大切な問題があるのに書きもらされてきた、と彼女は訴える。先にあげた深田祐介との対談で、有吉は「小説書きじゃないとできなかったルポだと自負するところはありますね」と述べているが、それはこれまでの作家としての歩みを背景にした発言だった。

解説（岡本かの子）

外村《とのむら》　彰《あきら》（安田女子大学教授・日本近代文学）

岡本かの子（明治二十二（一八八九）・三・一～昭和十四（一九三九）・二・十八）と夫の岡本一平は、互いを「パパ」「カチ坊」と呼び、一人息子の太郎を「タロ」と呼んだ。カチ坊（カチ坊っちゃん）こと岡本かの子は旧姓大貫。歌人・仏教研究者・小説家であり、随筆も数多く書いた。大地主の東京の別邸で生まれて、今の神奈川県川崎市高津区の、多摩川べりの裕福な実家で愛育された。谷崎潤一郎の親友だった次兄の雪之助（号・晶《しよう》川《せん》）の感化もあって早く文学に親しみ、歌を詠み、跡見女学校在学中から終刊間際の「明星」に加わって与謝野晶子に師事した。パパ・一平は彼女の三歳年上で函館生まれの東京育ち。高名な漫画家で、この職種では本邦初の全集（全十五巻）を生前に刊行している。

かの子と一平は対照的なタイプの人間だったようだ。かの子は、童女然として天真爛漫《らんまん》、純心一途《いちず》で感情豊かな性質の持ち主。かたや一平は粋《いき》好みだったが、若年から人生を空虚とみなし、傍観者然として情熱に身を任そうとしない性向をもっていた。

二人は、かたちのない中身が型枠を求め、うつろな枠組がその中身を満たすかのごとく惹かれあい、明治四十三（一九一〇）年夏、夫婦《めおと》になった。かの子は妊娠していて、翌年二月に太郎が生まれた（実父は一平と出会う前に駆け落ちをした伏屋武竜だとの説もある）。岡本夫妻の結婚生活はしかし間もなく破綻に瀕した。もともと乳母日傘《おんばひがさ》で育ったかの子は家事万般が苦手であった。朝日新聞専属の売れっ子漫画家となり、酒席に入り浸り帰宅しない日が増えた夫とは、心の隙間が次第に広がった。やがてかの子は早大生・堀切茂雄と恋におちる。だが実妹と堀切が浮気をし、現場をみつけたかの子は精神を病み、ジフテリアを併発させ、半年間入院した。それらの原因がわが放蕩《ほうとう》にあると自省したニヒリスト一平は、贖罪《しょくざい》の念から堀切茂雄を岡本家に同居させたものの、のち堀切は結核により郷里の東北で亡くなる。その前後に、母や兄・雪之助が逝去。また茂雄が父親と思われる赤子二人を里子に出し、程なく彼らの死を知るなど、この夫婦は約五年にわたる危機的な状況を経験した。かの子の第一・第二歌集『かろきねたみ』『愛のなやみ』はこの時代の所産である。

彼らはしかし、キリスト教を、次いで大乗仏教を信仰することで、この人生の難局を乗り切ってゆく。かの子はキリスト教の原罪意識にはなじめなかったが、〝煩悩即菩提〟——迷いがそのまま悟境に転ずる基《もとい》だと説く大乗仏教に自我の救済を求め、わが精神を安定させ、水晶製の観世音菩薩を護身仏にして崇敬するにいたった。いったん何かにのめり込むとそれを極めつくさずにはいられなかった彼女は、大正十（一九二一）年ごろから熱心に仏典を講読し始め、やがて戦前では珍しい女性仏教研究者として認知されるようになる。

さて、本書の「Ｉ　一平・私・太郎」はまず「親の前で祈禱《きとう》——岡本一平論」（「中央美術」大十・二）から始まる。かの子三十一歳、客観的な人物評である。すでに一平とかの子は、信仰生活を始めた大正六（一九一七）年から夫婦関係を断つと誓っていた。「岡本一平の逸話」（「新青年」昭九・八）も、家庭での一平の言動を彷彿《ほうふつ》とさせる文章だ。「私の日記」（「婦人画報」大十一・二）は、かの子自身の日常の記録であり、親族等への歯に衣《きぬ》着せぬ記述ぶりが印象に残る。かの子は実際歯や眼がよくなかった。高僧・原田祖岳のもとでの曹洞禅の学び、夫との「因縁」の自覚など話題は多岐にわたるが、十一歳前の息子への共感も忘れがたい。タロこと太郎は腕白《わんぱく》で自立心が頑固なほど強かった。「梅・肉体・梅」（「文藝」昭十・二）は、健康維持のため昭和二年に習った洋舞の思い出をつづる。この体験は後年の小説にも活かされる。「西行の愛読者——国文学一夕話」（「むらさき」昭十一・八）での寄寓の記憶は、小説「過去世」へと発展したものであろう。

かの子には、保護者然とした視点から幼児期の太郎を詠んだ歌がほとんどない。しかし思春期を迎えてからは、息子を異性としても意識し出したためか、彼をいとおしむ歌をたくさん詠むようになる。そんな母の心懐は、息子の妻のためにも綺麗《きれい》な母たらんと努める

「愚なる（?!）母の散文詩」（「婦人公論」大十三・七）にも披瀝《ひれき》されている。かの子は化粧で白粉《おしろい》を多用した。冬瓜《とうがん》にたとえた人もいたほどだ。続く「母さんの好きなお嫁」（初出未詳。『かの子抄』不二屋書房、昭九・九）も手放しの子息愛を伝える。

「［アンケート集］」には、大正八（一九一九）年から晩年まで都合十五の回答が並び、かの子の人柄の側面を伝える。ちなみに、本書には収録されていないが、「有貫マダムは何がお好き?」（「婦女界」昭九・八）では「身長　五尺一寸位」「体重　十六貫百匁《もんめ》位」と回答している。下世話な興味で恐縮ながら、若い頃やせていた彼女も、晩年は十七貫（約六十四kg）あったという。

「Ⅱ　紀行文など」の最初の三文は、昭和三（一九二八）年「読売新聞」宗教欄に連載された仏教随想「散華抄」から。「黙って坐る時」（三・二十五）は坐禅の心得、「跣足《はだし》礼讃」（四・六）は裸足で土に立つ喜び、「島へ遣わしの状」（四・十）は明恵《みょうえ》上人の逸話を描く。

ロンドンが舞台の「毛皮の難」（初出未詳。『かの子抄』）からは滞欧随筆となる。かの子は昭和四年末から家族と世界一周旅行に出かけた。書生の頃から家事を担い、弟と呼ばれていた恒松安夫や、西洋ローソクのような美男だと一目ぼれされた医師で、一平の許しを得て同居していた新田亀三も行動を共にした。スエズ運河経由の船旅でイタリア、フランス、そうして画業を目指しパリに残った太郎と新年に別れ、イギリスに住み、アイルランドを巡った。秋には脳充血で倒れたが回復し、パリで暮らした。昭和六年夏にはドイツに滞在、南欧を周遊してから翌年一月、太郎とパリの駅頭で別離し、米国経由で三月に帰朝した。「Ⅲ『母の手紙』抄」の太郎宛「『滞欧中の書簡』より」はこの時期に書かれたものである。パリとベルリンでの体験を描く「Ⅱ」の「異国食餌抄《しよくじしよう》」（初出未詳。『世界に摘む花』実業之日本社、昭十一・三）、「雪の日」（「モダン日本」昭九・二）は日本で書かれた。なお、かの子は『浴身《ゆあみ》』に続く第四歌集『わが最終歌集』を洋行前に刊行し、短歌と訣別しようとしたが、パリで息子と別れてすぐに歌を詠み出した。たとえば、随筆「オペラの辻」（「婦人サロン」昭七・五）に載った次の一首のような——

いとし子を茲《ここ》には置きてわが帰る
　母国ありとは思ほへなくに。

昭和九（一九三四）年は釈尊生誕二千五百年、弘法大師没後一千一百年にあたり、仏教ブームが起こったことから、かの子も仏教啓蒙書の執筆や各所での講演で多忙な日々を送った。だが「私の散歩道」（「文藝」昭十・九）や「生活の方法を人形に学ぶ」（「国際観光」昭十・七）を書いた頃には、亡兄の遺志を継ぐべく研鑽《けんさん》してきた小説を（一平が助言役となり）次々に発表し始めた。文壇でその名を認められたのは昭和十一年からで、パリに住む息子に似た青年に恋をする女性作家が主人公の「母子叙情」はその翌年の作。同十四年の脳充血による死、そして没後まで、膨大な小説が世に問われた。かの子は「『東京から巴里《パリ》への書簡』より」は、こうした期間に書かれたものであった。

不在の太郎を思う歌をよく詠んだ。これら二首などを――

悲しみてつひにやぶれぬこころこそ母も持ちねと子の書きて来し（巴里来信）

現身《うつせみ》のひとの母なるわれにして手に触《さや》る子の無きが悲しき（巴里の子に）

（『新選岡本かの子集』新潮文庫、昭十五・六）

なお書簡には様々な人名が記されているが、海外作家でかの子が好んだのはまずイギリスのD・H・ロレンスであり、その生命思想から影響を受けていた。ちなみに当時かの子は自作「やがて五月に」を太郎に翻訳させて、フランスの権威ある文学賞・ゴンクール賞を狙おうと考えていたが、実現はしなかった。

ともあれ、総じてかの子の太郎宛書簡は、その肉声を、カチ坊とタロとの母子愛のかたちを最もストレートに伝える。かの子永眠後の一平からの手紙も併せ、できれば『母の手紙』全体の通読を薦めたい。

本書に採択された諸随筆や書簡は、岡本かの子の折々の心の姿を映す器だといえるだろう。強い自我表出が特徴的な短歌、この世に遍満する〝生命〟との円融を説く仏教論も、かの子の人間像をよく物語るが、かの子文学の本領は、やはり小説にある。短篇では「みちのく」「東海道五十三次」「鮨《すし》」を推したい。一平の編纂《へんさん》・加筆によって成った遺稿長篇「生々流転《しょうじょうるてん》」からは、その文学世界の総決算的な生命観がうかがえる。本書をひもとかれたことをよき機会として、奥深いかの子の文学世界へと読者諸賢が分け入られんことを願う。

―略年譜　有吉佐和子―

一九三一年（昭和六年）
一月二十日、和歌山市真砂丁に生まれる。父・眞次は横浜正金銀行ニューヨーク支店勤務中だった。母・秋津の父・木本主一郎は和歌山県議会議長、衆議院議員などを務めた人物である。
一九三五年（昭和十年）　四歳
父、帰国。東京市大森区に転居する。
一九三七年（昭和十二年）　六歳
一月、父の転勤でジャワ（現・インドネシア）のバタビア（現・ジャカルタ）に移る。
一九四一年（昭和十六年）　十歳
帰国。根岸小学校に転入する。
一九四五年（昭和二十年）　十四歳
空襲で家を失くし、一時静岡、和歌山に疎開する。
一九四九年（昭和二十四年）　十八歳
四月、東京女子大学文学部英米文学科に入学。
一九五〇年（昭和二十五年）　十九歳
七月、父が脳溢血で急死。
一九五一年（昭和二十六年）　二十歳
四月、東京女子大学短期大学部英語科二年に移り、歌舞伎研究会に所属する。
一九五二年（昭和二十七年）　二十一歳
三月、卒業。「演劇界」嘱託記者となり、眞杉静枝らにインタビューをする。
一九五四年（昭和二十九年）　二十三歳
日本舞踊家・吾妻徳穂と知り合い親交が始まる。
一九五六年（昭和三十一年）　二十五歳
一月、「地唄」が「文學界」に新人賞候補作として掲載され、第三十五回芥川賞候補作ともなる。舞踊劇「綾の鼓」の作、人形浄瑠璃「雪狐々姿湖」（ゆきはこんこんすがたのみづうみ）の作（原作は高見順）・演出を手がける。

一九五七年（昭和三十二年）　二十六歳
テレビ出演やドラマ「石の庭」の脚本を執筆、曾野綾子らとともに「才女時代」と持て囃されるようになる。
一九五八年（昭和三十三年）　二十七歳
九月、『ずいひつ』（新制社）刊行。
一九五九年（昭和三十四年）　二十八歳
六月、『紀ノ川』（中央公論社）刊行。
十一月、ニューヨークのサラ・ローレンス大学に留学する。演劇研究、そして多忙な生活のなかで見失いそうになっている「自分」を見直すためであった。
一九六〇年（昭和三十五年）　二十九歳
三月、『私は忘れない』（中央公論社）刊行。八月にローマに行き、朝日新聞特派員としてローマ・オリンピックを取材する。十一月に帰国。
一九六一年（昭和三十六年）　三十歳
十一月、淡交新社東京支社長・塚本史郎と婚約。
一九六二年（昭和三十七年）　三十一歳
一月、塚本との婚約を解消。三月、国際プロモーター・神彰と結婚。しかしやがて夫の事業が傾き、金策に奔走する日々となる。十二月、『香華』（中央公論社）刊行。
一九六三年（昭和三十八年）　三十二歳
十一月、『香華』で第十回小説新潮賞を受賞する。長女・玉青を出産。
一九六四年（昭和三十九年）　三十三歳
五月、神彰と協議離婚。玉青を引取る。
一九六五年（昭和四十年）　三十四歳
五月、玉青を連れて中国に留学。中国天主教の調査をする。十一月に帰国。
一九六七年（昭和四十二年）　三十六歳
二月、『華岡青洲の妻』（新潮社）刊行。姑と妻が争って夫の被験者となろうとする物語はベストセラーとなり、映画化、舞台化、テレビドラマ化された。三月、同作により第六回女流文学賞を受賞。

一九六八年（昭和四十三年）　三十七歳
二月から四月にかけてカンボジア、インドネシア、ニューギニア（ここで文化人類学者・畑中幸子と合流）を歩く。帰国後、マラリアを発病して入院する。
一九六九年（昭和四十四年）　三十八歳
一月、『女二人のニューギニア』（朝日新聞社）刊行。
九月から十一月にかけて『出雲の阿国』（中央公論社）上・中・下巻を刊行。
一九七〇年（昭和四十五年）　三十九歳
三月、『出雲の阿国』で第二十回芸術選奨文部大臣賞を受賞。
一九七二年（昭和四十七年）　四十一歳
六月、老人問題を扱った『恍惚の人』（新潮社）刊行。ベストセラーとなる。
一九七四年（昭和四十九年）　四十三歳
十月より公害問題に取り組んだ「複合汚染」を「朝日新聞」に連載開始（〜七五年六月）。大反響を呼ぶ。
一九七八年（昭和五十三年）　四十七歳
四月、『和宮様御留』（講談社）刊行。六月、訪中し、各地の人民公社を見てまわる。
一九七九年（昭和五十四年）　四十八歳
一月、『和宮様御留』で第二十回毎日芸術賞を受賞。三月、『有吉佐和子の中国レポート』（新潮社）刊行。日本各地の離島の取材をする。
一九八一年（昭和五十六年）　五十歳
四月、『日本の島々、昔と今。』（集英社）刊行。
一九八二年（昭和五十七年）　五十一歳
三月、『開幕ベルは華やかに』（新潮社）刊行。
一九八四年（昭和五十九年）　五十三歳
四月、ウェールズ大学での講演のため渡英。八月三十日、急性心不全のため自宅で死去。
＊岡本和宜氏、宮内淳子氏作成の年譜を参考にさせていただきました。

――略年譜　岡本かの子――

一八八九年（明治二十二年）
三月一日、神奈川県高津村二子（現・川崎市高津区）の大地主大貫家の長女として、東京府赤坂区青山南町（現・港区）の別邸に生まれる。

一八九四年（明治二十七年）　五歳
病弱のため両親と別れて二子にある本邸に戻り、近親の教養豊かな婦人つるが養育母となる。「古今和歌集」などの古典、琴、舞踊、書道などのてほどきを受ける。

一八九六年（明治二十九年）　七歳
四月、尋常第二高津小学校に入学する。成績抜群であった。

一九〇一年（明治三十四年）　十二歳
二年早く尋常高等小学校を卒業。この頃から近隣の松柏林塾女子部に通い、漢文、倫理、数学などを学ぶ。

一九〇二年（明治三十五年）　十三歳
上京して糀町（のち麴町）に住む。「新潮」などに短歌を投稿する。次兄・雪之助（号・晶川）も新体詩などを発表し文学への思いが強かった。兄の学友に谷崎潤一郎らがいた。十二月、跡見女学校に入学。

一九〇七年（明治四十年）　十八歳
三月、跡見女学校卒業。東京帝国大学学生・松本と恋愛をするが、松本は急逝。かの子は琴で身を立てるべく上野の東京音楽学校箏曲科に入学手続きをとるが、果たさなかった。

一九〇九年（明治四十二年）　二十歳
公家の出の伏屋武竜との駆け落ち事件をおこす。

一九一〇年（明治四十三年）　二十一歳
岡本一平との交際が深まる。八月に入籍。

一九一一年（明治四十四年）　二十二歳
二月、長男・太郎を出産。十二月、この年の九月創刊の「青鞜」に参加する。実家の大貫家が高津銀行破綻の取り付け騒動の責を負って破産に瀕する。

一九一二年（明治四十五年・大正元年）　二十三歳
八月、一平は朝日新聞社入社。収入の増大につれ一平の家庭を顧みない放蕩が始まる。かの子、早稲田大学学生・堀切茂雄との恋愛が始まる。十一月、兄・雪之助が急性丹毒症のため死去。十二月、第一歌集『かろきねたみ』（青鞜社）刊行。
一九一三年（大正二年）　二十四歳
八月、長女・豊子を出産。かの子、妹・きん子と茂雄との三角関係などに精神錯乱し、秋から翌春にかけて入院。
一九一四年（大正三年）　二十五歳
四月、里子に出されていた豊子死亡。茂雄は一平の了解を得て岡本家に同居しはじめる。
一九一五年（大正四年）　二十六歳
一月、次男・健二郎を出産。里子に出され、七月に死亡。茂雄と別れる。
一九一六年（大正五年）　二十七歳
十月、茂雄は肺結核のため死去。この頃から一平の改心がはじまる。
一九一七年（大正六年）　二十八歳
一平と麹町一番町（のち富士見町）教会の植村正久牧師をたずね、聖書の講義を受けるが、キリスト教には馴染めなかった。四月、慶應義塾大学法学部予科生・恒松安夫が岡本家に下宿を開始。以降、二十年余にわたり家政を任されるようになる。
一九一九年（大正八年）　三十歳
眼、歯などの疾病治療が続く。十二月、初の小説「かやの生立」を「解放」に発表。川端康成と知り合う。
一九二〇年（大正九年）　三十一歳
親鸞「歎異抄」に感銘し、仏教に傾倒していく。
一九二四年（大正十三年）　三十五歳
「中央公論」四月号に「桜」一三九首を発表。〈桜ばないのち一ぱいに咲くからに生命をかけてわが眺めたり〉ほか。夏、痔の手術のため入院した慶應病院で外科医・新田亀三と知り合い、恋愛する。新田ものちに岡本家に同居、かの子の死を看取ることとなる。
一九二九年（昭和四年）　四十歳
五月、仏教随想集『散華抄』（大雄閣）刊行。六月、『一平全集』（全十五巻、先進社）の刊行がはじまり、ベストセラーとなる。十二月より一平、かの子、太郎、恒松安夫、新田亀三でヨーロッパに旅立つ。ロンドン、パリ、ベルリンなどで暮らし、現地の文人との交流、芝居見物や美術館通いなどする。
一九三二年（昭和七年）四十三歳
一月、太郎をパリに残し、アメリカ経由で三月帰国。
一九三四年（昭和九年）四十五歳
九月、第一随筆集『かの子抄』（不二屋書房）刊行。仏教関係の講演などを精力的に行なう。
一九三六年（昭和十一年）四十七歳
三月、西欧紀行文集『世界に摘む花』（実業之日本社）刊行。六月、芥川龍之介をモデルにした「鶴は病みき」が「文學界」に掲載される。十一月、第二随筆集『女性の書』（岡倉書房）刊行。
一九三七年（昭和十二年）四十八歳
三月、「母子叙情」、六月、「花は勁し」、十月、「金魚撩乱」など代表作の発表が相次ぐ。十二月、第三随筆集『女の立場』（竹村書房）刊行。
一九三八年（昭和十三年）四十九歳
十一月、「中央公論」に「老妓抄」を発表。十二月、三度目の脳充血に倒れる。
一九三九年（昭和十四年）
一月、「文藝」に「鮨」を発表。二月十八日、永眠。享年四十九。

*熊坂敦子氏、宮内淳子氏、小宮忠彦氏作成の年譜を参考にさせていただきました。

本書の底本として左記の全集、単行本、文庫を使用しました。ただし旧かな遣いは新かな遣いに変更し、一部用字の変更もあります。また、適宜ルビをふり、明らかな誤記では訂正した箇所もあります。なお、本書には今日の社会的規範に照らせば差別的表現ととられかねない箇所がありますが、作品の書かれた時代また著者が故人であることに鑑み、ほぼ原文のままとしました。

有吉佐和子
花のかげ（新制社『ずいひつ』一九五八年九月刊）
イヤリングにかけた青春（『ずいひつ』）
私は女流作家（『ずいひつ』）
適齢期（『ずいひつ』）
女二人のニューギニア（抄）（朝日文庫『女二人のニューギニア』一九八五年七月刊／河出文庫、二〇二三年一月刊）
遥か太平洋上に　父島（岩波文庫『日本の島々、昔と今。』二〇〇九年二月刊）

岡本かの子

親の前で祈禱——岡本一平論（ちくま文庫『岡本かの子全集　11』一九九四年六月刊）

岡本一平の逸話（『岡本かの子全集　11』）

私の日記（『岡本かの子全集　11』）

梅・肉体・梅（『岡本かの子全集　11』）

西行の愛読者——国文学一夕話（ちくま文庫『岡本かの子全集　12』一九九四年七月刊）

愚なる（?!）母の散文詩（『岡本かの子全集　11』）

母さんの好きなお嫁（『岡本かの子全集　11』）

［アンケート集］（『岡本かの子全集　11』）

黙って坐る時（冬樹社『岡本かの子全集　第十巻』一九七五年十一月刊）

跣足礼讃（『岡本かの子全集　第十巻』）

島へ遣わしの状（『岡本かの子全集　第十巻』）

毛皮の難（『岡本かの子全集　11』）

異国食餌抄（冬樹社『岡本かの子全集　第十一巻』一九七六年七月刊）

雪の日（『岡本かの子全集　11』）

私の散歩道（『岡本かの子全集　11』）

生活の方法を人形に学ぶ（冬樹社『岡本かの子全集　第十二巻』一九七六年九月刊）

「母の手紙」抄（『岡本かの子全集　12』）

単行本『精選女性随筆集　第四巻　有吉佐和子　岡本かの子』
二〇一二年四月　文藝春秋刊（文庫化にあたり改題）

装画・本文カット
神坂雪佳『蝶千種・海路』『滑稽図案』（芸艸堂）より
本文デザイン　大久保明子
DTP制作　ローヤル企画

文春文庫

精選女性随筆集《せいせんじょせいずいひつしゅう》　有吉《ありよし》佐《さ》和《わ》子《こ》　岡本《おかもと》かの子《こ》

定価はカバーに表示してあります

2023年12月10日　第1刷

著　者　有吉《ありよし》佐《さ》和《わ》子《こ》　岡本《おかもと》かの子《こ》
編　者　川《かわ》上《かみ》弘《ひろ》美《み》
発行者　大沼貴之
発行所　株式会社　文藝春秋

東京都千代田区紀尾井町 3-23　〒102-8008
TEL　03・3265・1211㈹
文藝春秋ホームページ　http://www.bunshun.co.jp

落丁、乱丁本は、お手数ですが小社製作部宛お送り下さい。送料小社負担でお取替致します。

印刷製本・TOPPAN

Printed in Japan
ISBN978-4-16-792151-4

（　）内は解説者。品切の節はご容赦下さい

赤川次郎
幽霊列車
赤川次郎クラシックス

山間の温泉町へ向う列車から八人の乗客が蒸発。中年警部・宇野は推理マニアの女子大生・永井夕子と謎を追う――。オール讀物推理小説新人賞受賞作を含む記念碑的作品集。（山前　譲）

あ-1-39

有吉佐和子
青い壺

無名の陶芸家が生んだ青磁の壺が売られ贈られ盗まれ、十余年後に作者と再会した時――。壺が映し出した人間の有為転変を鮮やかに描き出した有吉文学の名作、復刊！（平松洋子）

あ-3-5

芥川龍之介
羅生門《らしょうもん》　蜘蛛《くも》の糸《いと》　杜子春《とししゅん》 外十八篇

昭和、平成とあまたの作家が登場したが、この天才を越えた者がいただろうか？　近代知性の極に荒廃を見た作家の、光芒を放つ珠玉集。日本人の心の遺産「現代日本文学館」その二。

あ-29-1

浅田次郎 編
見上げれば　星は天に満ちて
心に残る物語――日本文学秀作選

鷗外、谷崎、八雲、井上靖、梅崎春生、山本周五郎……。物語はあらゆる日常の苦しみを忘れさせるほど、面白くなければならないという浅田次郎氏が厳選した十三篇。輝く物語をお届けする。

あ-39-5

朝井リョウ
武道館

【正しい選択】なんて、この世にない。「武道館ライブ」という合言葉のもとに活動する少女たちが最終的に〝自分の頭で〟選んだ道とは――。大きな夢に向かう姿を描く。（つんく♂）

あ-68-2

朝井リョウ
ままならないから私とあなた

平凡だが心優しい雪子の友人、薫は天才少女と呼ばれる。成長に従い、二人の価値観は次第に離れていき、決定的な対立が訪れるが……。一章分加筆の表題作ほか一篇収録。（小出祐介）

あ-68-3

阿部和重
オーガ（ニ）ズム（上下）

ある夜、瀕死の男が阿部和重の自宅に転がり込んだ。その男の正体はCIAケースオフィサー。核テロの陰謀を阻止すべく、作家たちは新都・神町へ。破格のロードノベル！（柳楽　馨）

あ-72-2

（　）内は解説者。品切の節はご容赦下さい。

安野光雅
絵のある自伝
昭和を生きた著者が出会い、別れていった人々との思い出をユーモア溢れる文章と柔らかな水彩画で綴る初の自伝。心温まる追憶は時代の空気を浮かび上がらせ、読む者の胸に迫る。
あ-9-7

阿川佐和子
バイバイバブリー
根がケチなアガワ、バブル時代の思い出といえば…。あのフワフワと落ち着きのなかった時を経て沢山の失敗もしたから分かる、今のシアワセ。共感あるある の、痛快エッセイ！
あ-23-27

浅田次郎
君は嘘つきだから、小説家にでもなればいい
裕福だった子供時代、一家離散の日々で身につけた習慣、二人の母のこと、競馬、小説。作家・浅田次郎を作った人生の諸事が綴られた文章に酔いしれる、珠玉のエッセイ集。
あ-39-14

浅田次郎
かわいい自分には旅をさせよ
京都、北京、パリ……誰のためでもなく自分のために旅をし、日本を危うくする「男の不在」を憂う。旅の極意と人生指南がつまった、笑いと涙の極上エッセイ集。幻の短篇、特別収録。
あ-39-15

安野モヨコ
食べ物連載
くいいじ
激しく〆切中でもやっぱり美味しいものが食べたい！　昼ごはんを食べながら夕食の献立を考える食いしん坊な漫画家・安野モヨコが、どうにも止まらないくいいじを描いたエッセイ集。
あ-57-2

朝井リョウ
時をかけるゆとり
カットモデルを務めれば顔の長さに難癖つけられ、マックで休憩すれば黒タイツおじさんに英語の発音を直され。『学生時代にやらなくてもいい20のこと』改題の完全版。（光原百合）
あ-68-1

朝井リョウ
風と共にゆとりぬ
レンタル彼氏との対決、会社員時代のポンコツぶり、ハワイへの家族旅行、困難な私服選び、税理士の結婚式での本気の余興、壮絶な痔瘻手術体験など、ゆとり世代の日常を描くエッセイ。
あ-68-4

安西水丸
ちいさな城下町
有名無名を問わず、水丸さんが惹かれてやまなかった村上市・行田市・中津市・高梁市など二十一の城下町。歴史的事件や人物の逸話、四コマ漫画も読んで楽しい旅エッセイ。（松平定知）
あ-73-1

赤塚隆二
清張鉄道1万3500キロ
「点と線」「ゼロの焦点」などの松本清張作品を「乗り鉄」の視点で徹底研究。作中の誰が、どの路線に最初に乗ったのかという「初乗り」から昭和の日本が見えてくる。（酒井順子）
あ-89-1

井上ひさし
ボローニャ紀行
文化による都市再生のモデルとして名高いイタリアの小都市ボローニャ。街を訪れた著者は、人々が力を合わせ理想を追う姿を見つめ、思索を深める。豊かな文明論的エセー。（小森陽一）
い-3-29

池波正太郎
夜明けのブランデー
映画や演劇、万年筆に帽子、食べもの日記や酒のこと。週刊文春に連載されたショート・エッセイを著者直筆の絵とともに楽しめる穏やかな老熟の日々が綴られた池波版絵日記。（池内　紀）
い-4-90

池波正太郎
ル・パスタン
人生の味わいは「暇」にある。可愛がってくれた曾祖母、「万惣」のホットケーキ、フランスの村へジャン・ルノアールの墓参り。「心の杖」を画と文で描く晩年の名エッセイ。（彭　理恵）
い-4-136

伊集院　静
文字に美はありや。
文字に美しい、美しくないということが本当にあるのか。〝書聖〟王羲之に始まり、戦国武将や幕末の偉人、作家や芸人ら有名人から書道ロボットまで、歴代の名筆をたどり考察する。

い-26-26

伊藤比呂美
切腹考
鷗外先生とわたし

前夫と別れ熊本から渡米し、イギリス人の夫を看取るまで。生きる死ぬるの仏教の世界に身を浸し、生を曝してきた詩人が鷗外を道連れに編む、無常の世を生きるための文学。（姜　信子）
い-99-2

（　）内は解説者。品切の節はご容赦下さい。

井上ユリ
姉・米原万里
プラハのソビエト学校で少女時代を共に過ごした三歳下の妹が、食べものの記憶を通して綴る姉の思い出。初めて明かされる名エッセイの舞台裏。初公開の秘蔵写真多数掲載。（福岡伸一）
い-104-1

上野千鶴子
おひとりさまの老後
結婚していてもしてなくても、最後は必ずひとりになる。でも、智恵と工夫さえあれば、老後のひとり暮らしは怖くない。80万部のベストセラー、待望の文庫化！（角田光代）
う-28-1

上野千鶴子
ひとりの午後に
世間知らずだった子供時代、孤独を抱えて生きていた十代のころ……。著者の知られざる生い立ちや内面を、抑制された筆致で綴ったエッセイ集。（伊藤比呂美）
う-28-3

内田洋子
ジーノの家　イタリア10景
イタリア人は人間の見本かもしれない——在イタリア三十年の著者が目にしたかの国の魅力溢れる人間達。忘れえぬ出会いや情景をこの上ない端正な文章で描ききるエッセイ。（松田哲夫）
う-30-1

内田洋子
ロベルトからの手紙
俳優の夫との思い出を守り続ける老女、弟を想う働き者の姉たち、無職で引きこもりの息子を案じる母——イタリアの様々な家族の形とほろ苦い人生を端正に描く随筆集。（平松洋子）
う-30-2

遠藤周作
生き上手　死に上手
死ぬ時は死ぬがよし……だれもがこんな境地で死を迎えたい。でも死はひたすら恐い。だからこそ死に稽古が必要になる。周作先生が自らの失敗談を交えて贈る人生セミナー。（矢代静一）
え-1-12

江國香織
やわらかなレタス
ひとつの言葉から広がる無限のイメージ——。江國さんの手にかかると、日々のささいな出来事さえも、キラキラ輝いて見えだします。読者を不思議な世界にいざなう、待望のエッセイ集。
え-10-3

（　）内は解説者。品切の節はご容赦下さい。

小川洋子
とにかく散歩いたしましょう
ハダカデバネズミとの心躍る対面、同郷のフィギュアスケーターの演技を見て流す涙、そして永眠した愛犬ラブと暮らした日々。創作の源泉を明かす珠玉のエッセイ46篇。（津村記久子）
お-17-4

岡田光世
ニューヨークのとけない魔法
東京とニューヨーク。同じ大都会の孤独でもこんなに違う。お節介で、図々しくて、孤独な人たち。でもどうしようもなく惹きつけられてしまうニューヨークの魔法とは？（立花珠樹）
お-41-1

大宮エリー
生きるコント
毎日、真面目に生きているつもりなのに……なぜか、すべてがコントになってしまう人生。作家・大宮エリーのデビュー作となった、大笑いのあとほろりとくる悲喜劇エッセイ。（片桐　仁）
お-51-1

大宮エリー
生きるコント２
笑ったり泣いたり水浸しになったり。何をしでかすか分からない〝嵐を呼ぶ女〟大宮エリーのコントのような爆笑エッセイ集、第2弾。読むとラクになれます。（松尾スズキ）
お-51-2

尾崎世界観
苦汁１００％
濃縮還元
初小説が文壇を驚愕させた尾崎世界観の日常と非日常。文庫化に際し、クリープハイプ結成10周年ライブがコロナ禍で中止になった最中の最新日記を大幅加筆。苦味と旨味が増してます！
お-76-2

尾崎世界観
苦汁２００％
ストロング
尾崎世界観の赤裸々日記、絶頂の第2弾。文庫化にあたり「芥川賞候補ウッキウ記」2万字書き下ろし。「情熱大陸」に密着され、『母影』が芥川賞にノミネートされた怒濤の日を加筆。
お-76-3

（　）内は解説者。品切の節はご容赦下さい。

岡田　育
ハジの多い人生
痴漢だらけの満員電車で女子校へ通った九〇年代、メガネ男子や献血、自らの大足が気になり、三十路でタカラヅカに開眼。世界の端でつぶやく著者会心のデビュー作。（宇垣美里）
お-78-1

大竹英洋
そして、ぼくは旅に出た。
はじまりの森　ノースウッズ
オオカミの夢を見た著者は、ある写真集と出会い単身で渡米する。読む人に深い感動と気付きをもたらす、人生の羅針盤となりうる一冊。梅棹忠夫・山と探検文学賞受賞作。（松家仁之）
お-80-1

開高　健
私の釣魚大全
まずミミズを掘ることからはじまり、メコン川でカチョックという変な魚を一尾釣ることに至る国際的な釣りのはなしと、井伏鱒二氏が鱒を釣る話など、楽しさあふれる極上エッセイ。

か-1-2

角田光代
なんでわざわざ中年体育
中年たちは皆、運動を始める。フルマラソンに山登り、ボルダリング、アウトドアヨガ。インドア派を自認する人気作家が果敢に様々なスポーツに挑戦した爆笑と共感の傑作エッセイ。

か-32-16

加納朋子
無菌病棟より愛をこめて
愛してくれる人がいるから、なるべく死なないように頑張ろう。急性白血病の告知を受け仕事も家族も放り出しての緊急入院、抗癌剤治療、骨髄移植——人気作家が綴る涙と笑いの闘病記。

か-33-5

川上未映子
きみは赤ちゃん
35歳で初めての出産。それは試練の連続だった！　芥川賞作家の鋭い観察眼で「妊娠・出産・育児」という大事業の現実を率直に描き、多くの涙と共感を呼んだベストセラー異色エッセイ。

か-51-4

河野裕子・永田和宏
たとへば君《きみ》
四十年の恋歌
乳がんで亡くなった歌人の河野裕子さん。大学時代の出会いから、結婚、子育て、発病、そして死。先立つ妻と見守り続けた夫。交わした愛の歌380首とエッセイ。（川本三郎）
か-64-1

（　）内は解説者。品切の節はご容赦下さい。

角幡唯介
探検家の憂鬱
チベットから富士山、北極……。「生のぎりぎりの淵をのぞき見ても、もっと行けたんじゃないかと思ってしまう」探検家・角幡唯介にとって、生きるとは何か。孤高のエッセイ集。
か-67-1

黒柳徹子
チャックより愛をこめて
長い休みも海外生活も一人暮らしも何もかもが初めての経験。NY留学の1年を喜怒哀楽いっぱいに描いた初エッセイが新装版に。インスタグラムで話題となった当時の写真も多数収録。
く-2-3

高橋順子
夫・車谷長吉
直木賞受賞作『赤目四十八瀧心中未遂』で知られる異色の私小説作家の求愛を受け容れ、最後まで妻として支え抜いた詩人が回想する桁外れな夫婦の姿。講談社エッセイ賞受賞。（角田光代）
く-19-50

小林秀雄
考えるヒント
常識、漫画、良心、歴史、役者、ヒットラーと悪魔、平家物語などの項目を収めた「考えるヒント」に随想「四季」を加え、「ソヴェットの旅」を付した明快達意の随筆集。（江藤　淳）
こ-1-8

小林秀雄
考えるヒント2
忠臣蔵、学問、考えるという事、ヒューマニズム、還暦、哲学、天命を知るとは、歴史、など十二篇に「常識について」を併載して、いま改めて考えることの愉悦を教える。（江藤　淳）
こ-1-9

小林秀雄
考えるヒント3
「知の巨人」の思索の到達点を示すシリーズの第三弾。柳田民俗学の意義を正確に読み解き、現代知識人の盲点を鋭くついた歴史的名講演「信ずることと知ること」ほかの講演を収録する。
こ-1-10

小林信彦
生還
自宅で脳梗塞を起こした、八十四歳の私。入院・転院・リハビリ・帰宅・骨折・再入院を繰り返す私は本当に治癒していくのか？人生でもっとも死に近づいた日々を記した執念の闘病記。
こ-6-39

（　）内は解説者。品切の節はご容赦下さい。

佐藤愛子
我が老後

妊娠中の娘から二羽のインコを預かったのが受難の始まり。さらに仔犬、孫の面倒まで押しつけられ、平穏な生活はぶちこわし。ああ、我が老後は日々これ闘いなのだ。痛快抱腹エッセイ。

さ-18-2

佐藤愛子
冥途のお客

岐阜の幽霊住宅で江原啓之氏が見たもの、狐霊憑依事件、金縛り体験記、霊能者の優劣……。「この世よりもあの世の友が多くなってしまった」著者の、怖くて切ない霊との交遊録、第二弾。

さ-18-13

酒井順子
無恥の恥

「恥ずかしがり屋の日本人」はどこに消えた？　古来「恥の文化」を生きてきた日本人。SNS上で「自慢したい！」欲望が溢れ出した。文庫化記念に小林聡美さんとの抱腹絶倒対談を収録。

さ-29-9

堺　雅人
文・堺雅人

大きな話題を呼んだ、演技派俳優の初エッセイ。文庫版では蔵出しインタビュー＆写真、作家・宮尾登美子さんとの「篤姫」対談や、作品年表も収録。役者の「頭の中」っておもしろい。

さ-60-1

司馬遼太郎
余話として

竜馬の「許婚者」の墓に刻まれた言葉、西郷さんの本当の名前――。歴史の大家がふとした時に漏らしたこぼれ話や、名作の舞台裏をまとめた、壮大で愉快なエッセイ集。　（白川浩司）

し-1-139

東海林さだお
ガン入院オロオロ日記

「ガンですね」医師に突然告げられガーンとなったショージ君。病院食・ヨレヨレパジャマ・点滴のガラガラ。四十日の入院生活が始まった！　他、ミリメシ、肉フェスなど。　（池内　紀）

し-6-93

東海林さだお
ざんねんな食べ物事典

食べ物に漂う〝ざんねん〟を鋭く見抜いて検証する表題作から、誰も研究しなかった「ラーメン行動学」、インスタントラーメン60年史まで。爆笑必至のエッセイ集。　（長田昭二）

し-6-97

（　）内は解説者。品切の節はご容赦下さい。

男の肖像
塩野七生
ペリクレス、アレクサンダー大王、カエサル、北条時宗、織田信長、ナポレオン、西郷隆盛、チャーチル……歴史を動かした不世出の英雄たちに、いま学ぶべきこととは？　（楠木　建）
し-24-4

男たちへ
フツウの男をフツウでない男にするための54章
塩野七生
男の色気はうなじに出る、薄毛も肥満も終わりにあらず。成功する男の4つの条件、上手に老いる10の戦術など、本当の大人になるための、喝とユーモアに溢れた指南書。　（開沼　博）
し-24-5

再び男たちへ
フツウであることに満足できなくなった男のための63章
塩野七生
内憂外患の現代日本。人材は枯渇したのか、政治改革はなぜ成功しないのか、いま求められる指導者とは？　身近な話題から国際問題まで、日本の「大人たち」へ贈る警世の書。　（中野　翠）
し-24-6

女の甲冑、着たり脱いだり毎日が戦なり。
ジェーン・スー
「都会で働く大人の女」でありたい！　そのために、今日も心と体を武装する。ややこしき自意識と世間の目に翻弄されながら、日々を果敢かつ不毛に戦うエッセイ集。　（中野信子）
し-66-1

字が汚い！
新保信長
自分の字の汚さに今更ながら愕然とした著者が古今東西の悪筆を調べまくった世界初、ヘタ字をめぐる右往左往ルポ！　果たして、50年以上ヘタだった字は上手くなるのか？　（北尾トロ）
し-68-1

コルシア書店の仲間たち
須賀敦子
ミラノで理想の共同体を夢みて設立されたコルシア書店に仲間として迎えられた著者。そこに出入りする友人たち、貴族の世界などを、深くやわらかい筆致で描いた名作エッセイ。（松山　巖）
す-8-1

ヴェネツィアの宿
須賀敦子
父や母、人生の途上に現れては消えた人々が織りなす様々なドラマ。「ヴェネツィアの宿」「夏のおわり」「寄宿学校」「カティアが歩いた道」等、最も美しい文章で綴られた十二篇。　（関川夏央）
す-8-2

（　）内は解説者。品切の節はご容赦下さい。

藝人春秋
水道橋博士
北野武、松本人志、そのまんま東……今を時めく芸人たちを、博士ならではの鋭く愛情に満ちた目で描き、ベストセラーとなった藝人論。有吉弘行論を文庫版特別収録。（若林正恭）
す-20-1

藝人春秋2　ハカセより愛をこめて
水道橋博士
博士がスパイとして芸能界に潜入し、橋下徹からリリー・フランキー、タモリまで、浮き沈みの激しい世界の怪人奇人18名を濃厚に描く抱腹絶倒ノンフィクション。（ダースレイダー）
す-20-2

うつ病九段　プロ棋士が将棋を失くした一年間
先崎　学
空前の将棋ブームの陰で、その棋士はうつ病と闘っていた。孤独の苦しみ、将棋が指せなくなるという恐怖、復帰への焦り……。発症から回復までを綴った心揺さぶる手記。（佐藤　優）
せ-6-2

老いてこそ上機嫌
田辺聖子
「80だろうが、90だろうが屁とも思っておらぬ」と豪語するお聖さんもうすぐ90歳。200を超える作品の中から厳選した、短くて面白くて心の奥に響く言葉ばかりを集めました。
た-3-54

死はこわくない
立花　隆
自殺、安楽死、脳死、臨死体験……。長きにわたり、生命の不思議をテーマとして追い続けてきた「知の巨人」が真正面から〈死〉に挑む。がん、心臓手術を乗り越え、到達した境地とは。
た-5-25

花の百名山
田中澄江
春の御前山で出会ったカタクリの大群落。身を伏せて確かめた早池峰の小さなチシマコザクラ――山と花をこよなく愛した著者が綴った珠玉のエッセイ。読売文学賞受賞作。（平尾隆弘）
た-14-5

わたしの渡世日記（上下）
高峰秀子
複雑な家庭環境、義母との確執、映画デビュー、青年・黒澤明との初恋など、波瀾の半生を常に明るく前向きに生きた著者が、ユーモアあふれる筆で綴った傑作自叙エッセイ。（沢木耕太郎）
た-37-2

高峰秀子
コットンが好き

飾り棚、手燭、真珠、浴衣、はんこ、腕時計、ダイヤモンド……。これまで共に生きてきた、かけ替えのない道具や小物たちとの思い出を、愛情たっぷりに綴った名エッセイ。待望の復刻版。

た-37-7

高山なおみ
帰ってから、お腹がすいてもいいようにと思ったのだ。

高山なおみが本格的な「料理家」になる途中のサナギのようなころの、落ち着かなさ、不安さえ見え隠れする淡い心持ちを綴ったエッセイ集。なにげない出来事が心を揺るがす。（原田郁子）

た-71-1

高野秀行
辺境メシ　ヤバそうだから食べてみた

カエルの子宮、猿の脳みそ、ゴリラ肉、胎盤餃子……。未知なる「珍食」を求めて、世界を東へ西へ。辺境探検の第一人者である著者が綴った、抱腹絶倒エッセイ！（サラーム海上）

た-105-1

津村節子
果てなき便り

「節子、僕の許を離れるな！」便箋から浮かび上がる夫・吉村昭の決意、孤独、希望、愛。出会った若き日から亡くなるまで交わした書簡で辿る、夫婦作家慈しみの軌跡。（梯　久美子）

つ-3-15

土屋賢二
われ笑う、ゆえにわれあり

愛ってなんぼのものか？　あなたも禁煙をやめられる、老化の楽しみ方、超好意的女性論序説などなど、人間について世界について徹底的に考察したお笑い哲学エッセイ。（柴門ふみ）

つ-11-1

土屋賢二
無理難題が多すぎる

何気ない日常にも哲学のヒントは隠れている。「妻になる！」と決心したり、「老人の生きる道」を模索したり、野球解説を考察したり――笑い溢れるエッセイ集。（西澤順一）

つ-11-23

中野孝次
ハラスのいた日々　増補版

一匹の柴犬を〝もうひとりの家族〟として、惜しみなく愛を注ぐ夫婦がいた。愛することの尊さと生きる歓びを、小さな生きものに教えられる、新田次郎文学賞に輝く感動の愛犬物語。

な-21-1